대리운전

노크 | 01

이나래 소설

대리운전

차례

프롤로그

트렁크 속 남자

눈앞이 깜깜했다. 정신을 차린 남자가 처음으로 한 생각이었다. 이건 어떠한 비유가 아니라 있는 그대로의 사실이다. 남자의 눈이 어둠에 익숙해져도 이곳이 어디인지 도통 감이 잡히지 않았다. 성인 남자가 다리를 다 펼 수 없을 정도로 좁고 어두운 곳. 자신의 매력 포인트인 긴 다리가 오늘은 불편했다.

두 손과 양다리가 묶인 남자는 움직이는 것도 쉽지 않았다. 고개를 들어 주위를 둘러보려 해도 힘이 들어가지 않았다. 얼굴을 움직이려고 하면 바닥에 깔린 까끌까끌한 매트에 뺨이 닿아 따끔거렸다. 결국 남자는 움직이는 걸 포기하고 생각했다.

도대체, 왜, 내가 이곳에 갇힌 걸까.

남자는 마지막 기억을 더듬었다. 학원 수업을 마치고 바로 아래층에 있는 PC방에서 친구를 만났다. 게임에서 진 남자는 친구에게 술을 샀다. 친구와 헤어진 시간은 그리 늦지 않았다. 중요한 시험을 앞두고 있어 다음 날 학원에 가야 했기 때문에 10시가 조금 넘어 헤어졌다.

그리고… 그리고 어떻게 됐더라. 극심한 두통에 남자가 얼굴을 찌푸렸다. 드문드문 불완전한 기억의 잔상이 떠올랐다. 싸구려 술집에서 먹은 안주가 잘못되었는지, 아니면 오랜만에 술을 마셔서인지 모르겠지만 골목 전봇대를 잡고 구토를 했다.

구토를 하다가… 그래, 머리가 깨졌다. 이것도 어떠한 비유가 아니라 있는 그대로의 사실이다. 무언가로 머리를 가격당한 남자는 반격하려 했지만 술에 취한 팔다리가 말을 듣지 않았다. 남자를 공격한 '그놈'의 체격은 꽤 좋았다. 남자도 나름 키가 큰 편이었는데 '그놈'은 반뼘이 넘게 컸다. 우스꽝스럽게 긴 팔과 다리를 퍼덕이다 몇 번이고 땅바닥을 굴렀다. 일어나려고 하면 가슴을 구둣발로 내리밟는 '그놈' 때문에. 자신의 몸 위에 올라타 목뼈를 부러트릴 듯이 조르던 모습이 마지막 기억이었다.

남자는 가슴이 욱신거렸다. 점차 떠오르는 기억 속 '그놈'에게 몇 번이나 세게 밟힌 가슴에 통증이 밀려왔다. 목이 졸리면서 성대를 다쳤는지 목소리도 제대로 나오지 않았다. 남자는 그제야 자신이 어떤 상황에 처했는지 깨달았다.

납치 및 감금. 소설이나 영화가 아니라, 현실이었다. 이런 상황에서는 어떻게 해야 하지. 학교에서는 납치나 감금을 당했을 때 어떻게 해야 하는지는 알려 주지 않고 왜 쓸데없는 미적분 따위나 가르쳤을까? 군대라도 다녀왔으면 이야기가 달랐을까? 상상해 봤자였다.

온몸에 힘이 빠졌다. 살아나갈 생각을 해야 하는데… 남자는 다시 정신을 잃었다.

* * *

"안녕하세요. 대리 부르셨죠?"

"네. 맞아요."

남자가 정신을 차렸다. '대리'라는 단어가 귀에 꽂혔다. 남자는 드디어 자신이 어디에 갇혔는지 알아챘다. 차. 이곳은 차 안이다. 차 안에서 이렇게 좁고 어두운 곳은 '트렁크'뿐이다.

대리라고 했으니 운전석과 조수석에 앉은 사람들은 초면일 확률이 높았다. 공범이 아니라는 것만으로도 남자에게는 희망이 샘솟았다. 게다가 대리 기사의 목소리도 남성이었다. 잘만 하면 도움을 받을 수 있다. 눈이 번쩍 뜨이는 기분이었다. 살길이 보였다.

남자에게 두 사람의 목소리가 들린다는 것은 남자가 내는 목소리도 두 사람에게 닿을 수 있다는 것이다. 보통 납치를 하면 입에 재갈이라도 물리던데 다행히 남자의 입은 자유로웠다. 남자는 목소리를 가다듬었다. 성대에서 쉰 소리가 흘러나왔다. 말을 하려고 하면 목이 찢어질 듯이 아팠다.

소리를 내는 게 힘들면 몸이라도 써야 했다. 손가락 하나 까딱일 힘도 없던 남자는 남은 힘을 모두 끌어모아 발로 트렁크를 걷어찼다. 자신이 여기 있다는 걸 어떻게든 알려야 했다. 대리 기사에게 충분히 들릴 만큼 큰 소리였는데 반응이 없었다. 그렇다고 아무것도 안 할 수는 없었다.

결국 남자는 간신히 목소리를 냈다. 쉬고 갈라진 소리가 간신히 흘러나왔다.

"사… 살… ㄹ…"

우웅. 자동차 시동이 걸리는 소리에 남자의 목소리가 묻혔다. 차가 움직이기 시작했다. 목구멍이 꽉 막힌 듯 소리를 내기 어려웠다. 남자는 거친 숨을 내쉬었다. 아무것도 보이지 않는 어두운 트렁크 속에서 눈을 깜빡였다.

내가… 이곳에서 살아나갈 수 있을까? 눈앞이 깜깜했다.

1 불운한 신의 아들

24년, 짧다면 짧은 도윤의 인생사를 돌아보면 불운의 연속이었다. 학창 시절, 급식실에서 배식을 받을 때면 자신의 차례에서 맛있는 반찬이 뚝 떨어졌다. 교복 대신 멋진 사복으로 갈아입고 여자 친구를 만나러 갈 때면 지나가던 차가 흙탕물을 튀겨 옷을 망쳤다. 라면을 사면 스프가 빠져 있었다. 한정판 운동화를 사려고 밤새 줄을 서서 오픈런을 해도 도윤의 앞에서 판매 완료됐다. 아니면 사이즈가 없거나. 당연히 음료수 병뚜껑 속 '한 병 더' 같은 이벤트조차 당첨돼 본 적이 없었다.

남들 다 잘만 하는 축구를 해도 자기 다리에 걸려

넘어졌다. 넘어져서 무릎이 까지는 정도였다면 불운하다고 생각하지도 않았을 것이다. 국가대표 선발 대회에 나간 것도 아니고 고작 반 친구들과 축구를 하다가 넘어진 도윤은 십자인대가 파열됐다. 결국 병원에 입원까지 해 치료를 받아야 했다.

“안규혁이랑 팔씨름해서 이기는 놈 있으면 만 원!”

언젠가 반에 팔씨름 열풍이 불었다. 열풍의 중심에는 규혁이 있었다. 전교 회장인 규혁은 남녀 할 것 없이 모두와 친한 전형적인 ‘인싸’였다. 또래 중학생에 비해 키가 크고 체격도 좋아 남들이 고등학생으로 볼 정도였다. 당연히 팔씨름으로 규혁을 이길 사람은 없었다. 그러나 누구나 한 번쯤은 규혁과 팔씨름을 해 보고 싶어 했다. 도윤도 규혁과 친하지는 않았지만 얼마나 힘이 센지 궁금해 팔씨름 대결을 신청했다. 안타깝게도 팔씨름 같은 걸 해 본 적이 없던 도윤은 어떻게 버텨야 하는지도 몰랐다. 억지로 팔에 힘을 주고 견디다가 자신의 팔뚝에서 ‘텅’ 하는 맑은 소리를 들었다. 그와 동시에 반 친구들이 소리를 지르기 시작했다. 도윤은 자신에게 무슨 일이 일어났는지 몰랐다.

황급히 양호실로 가서야 팔뚝 뼈가 부러진 것을

알아챘다. 부러진 팔뚝은 땡땡 부어오르기 시작했다. 갑작스럽게 일어난 사고에 아픈 것도 몰랐다가 그제야 팔이 시큰하게 아파 왔다. 십자인대 파열로 퇴원한 지 반년도 안 되었던 도윤은 같은 병원에서 팔에 깁스를 했다.

"미안해. 팔이 부러질 줄은 몰랐어. 너 나을 때까지 내가 할 수 있는 건 도와줄게."

다음 날, 팔에 깁스를 하고 나타난 도윤을 본 규혁은 진심으로 미안해했다. 그리고 마음이 아닌 행동으로 말에 책임을 졌다. 점심시간에는 대신 식판을 날랐다. 집에 가는 방향이 같다는 걸 알고는 하굣길에 가방도 들어 주곤 했다. 원래는 친하지 않았던 두 사람은 서로 붙어 있는 시간이 길어지며 가까워지기 시작했다. 생각보다 둘은 성격이 잘 맞았다. 좋아하는 게임도, 좋아하는 노래도 비슷했다.

규혁 덕분에 도윤은 뼈가 붙는 동안 심심하지 않게 보낼 수 있었다. 깁스를 풀기 위해 병원에 가는 날에도 규혁이 함께했다.

"진짜 존나 답답했어. 너 때문에 뭔 고생이냐!"

"미안. 그래서 내가 부하 해 줬잖아."

"멀쩡한 사람 팔 부러트렸는데 당연히 그래야지. 깁스한 팔뚝 얇아진 거 봐!"

도윤이 깁스를 푼 팔을 보여 주며 말했다. 원래도 말랐지만 깁스를 했던 팔뚝이 확실히 더 얇아 보였다. 도윤은 기세등등한 얼굴로 말했다.

"고작 내 손발이 되어 줬다고 생색내기에는 부족하지 않겠냐고."

"오케이. 어떤 상황이 되어도 너는 내가 구해 줄게. 전쟁이 나도 너부터 구한다."

"전쟁? 말이 되냐?"

"우리나라 휴전 국가인 거 몰라? 왜 말이 안 돼?"

"와 정말 하나도 안 든든하다. 실제로 내가 위험에 처하면 제일 먼저 도망갈 것 같은데."

"들켰네."

능글맞게 웃는 규혁을 보며 도윤도 따라 웃었다. 목숨을 구할 정도로 위험한 일이라니, 그런 일이 평범한 사람에게 생길 리가 없었다. 말은 그렇게 했지만 든든했다. 도윤은 팔이 부러진 대신 규혁이라는 친구를 얻었다.

* * *

“1차를 다시 볼 생각하니 존나 갑갑하다. 작년에 붙었어야 했는데…”

후루룩. 규혁이 앞에 놓인 라면을 먹으며 말했다. 공무원 학원가 근처의 저렴한 분식집은 늘 수험생으로 바글바글했다. 좁은 테이블은 라면 그릇 두 개만으로도 가득 찼다. 대부분 혼자 식사를 하며 기본서를 보는 학생들이 많아 조용했다.

“그래도 2차 봤던 짬밥 어디 가겠냐. 올해는 붙을 거야.”

도윤이 규혁을 위로했다. 중학생 때부터 이어진 도윤과 규혁의 인연은 성인이 된 지금까지 이어지고 있다. 열다섯 살이었던 소년들은 어느새 스물네 살이 됐다.

두 사람은 지금 수험생이다. 도윤은 9급 사회복지 공무원을, 규혁은 행정고시를 준비하고 있다. 도윤이 공무원 시험을 시작한 건 규혁 때문이라고 해도 과언이 아니었다. 규혁은 1학년을 마치고 휴학계를 낸 후 노량진에서 행정고시를 준비했다. 도윤은 규혁을 만나러 노량진으로 자주 갔고 그곳에서 공무원 학원 광고를 봤다. 취업은 어렵고 경제 대란이 올 것이라는 뉴스를 본 도윤은 자연스레 공무원을 준비하게 됐다.

"1차는 붙겠지? 2차랑 같이 준비하고 있는데 1차 불합하면 인생 심란해진다~"

"너 재작년에 1차 시험 봤을 때 점수 잘 나왔잖아. 그 실력 어디 안 가지."

행정고시는 3차 시험까지 합격해야 한다. 재작년에 1차 시험에 합격한 규혁은 그해 2차 시험에서는 합격 커트라인 근처에도 못 갔다. 그리고 작년 2차 시험에서는 아깝게 0.25점 차이로 불합격했다. 1차 시험 합격에 대한 유예 기간인 2년이 지나, 규혁은 올해 다시 1차 시험을 봐야 했다.

그러나 1차 시험이 합격할 때까지 2차 준비를 아예 안 할 수는 없었다. 쉬운 시험이 아니니 대부분 1차 시험과 2차 시험을 같이 준비하곤 했다.

"나 이번에 1차 불합격하면 군대 간다."

"그래, 가서 사람 좀 돼서 나와라."

"우씨. 너는 '신의 아들'이다, 이거지?"

규혁의 말에 도윤이 헛웃음을 터트렸다. '신의 아들'. 아이러니하게 불운으로 점철된 도윤에게 붙는 수

식어였다. 군면제 때문이었다. 중학생 때 축구를 하다가 십자인대 파열이 된 도윤은 스무 살이 넘어 신체검사를 받고 군면제 판정을 받았다.

한국에서 성인 남자가 군면제가 된다는 것은 쉬운 일이 아니다. 도윤이 다녔던 대학교에서도 군면제에 해당하는 남자는 열 명도 되지 않았다. 그가 소속된 재활학과에서는 유일한 군면제자라서 '재활학과 신의 아들'로 불렸다.

규혁처럼 입대 전 시험을 준비하는 수험생이라면 누구나 하는 걱정에서 도윤은 자유로웠다. 오히려 규혁이 부러웠다. 행정고시 2차 시험에서 합격 커트라인 근처의 점수가 나왔다는 건 그만큼 합격 가능성이 높다는 것이다.

도윤은 작년에 공부도 안 하고 가벼운 마음으로 공무원 시험을 치렀다. 올해는 공부를 하고 보는 시험인 만큼 점수가 나와야 했다. 학원에서 몇 번 본 모의고사 점수는 좋지 않았다. 그래서 도윤은 불안하고 두려웠다.

"신의 아들이면 뭐하냐. 체력이라도 좋으면 필기 커트라인이 낮은 경찰 공무원이나 소방관이라도 노려

볼 텐데…"

경찰이나 소방관은 실기와 체력이 중요해 필기 커트라인이 일반 행정직에 비해서는 낮았다. 그러나 도윤의 체력으로는 실기에서 합격 점수가 나올 리가 없었다.

"그래도 너는 2년 번 거야. 공부 머리는 있잖아. 문제 유형 감만 잡으면 금방 합격할걸?"

이런 시험은 빨리 끝낸다는 마음으로 임해야 했다. 도윤은 시험일이 다가올수록 자신감이 떨어져 갔지만 규혁을 만나니 마음이 한결 가벼워졌다.

"올해 우리 둘 다 합격하자."

"좋아. 이번에 불합격하면 나라 지키러 간다. 형님 면회 와라. 맛있는 거 가득 들고."

식사를 마친 규혁이 테이블 위 계산서를 집어 들었다. 저렴한 분식집이라 두 사람이 먹어도 만원이 채 나오지 않았다.

"밥은 잘 먹고 다니는 거지? 넌 왜 볼 때마다 살이 빠지는 것 같냐. 오늘은 형이 쏜다."

"안 사 줘도 된다니까."

도윤의 만류에도 규혁이 카드를 긁었다. 집에 돈

이 있는 수험생과 없는 수험생은 티가 났다. 규혁이 전자라면 도윤은 후자였다. 부모님의 지원을 받는 규혁은 지갑 형편이 훨씬 좋아 자주 밥을 사 주곤 했다.

도윤은 바지 주머니 속 꼬깃꼬깃 접힌 5천원짜리를 만지작거렸다. 아무리 친한 사이라도, 아니 오히려 친한 사이라서 계속 얻어먹는 것이 편하지 않았다. 기브 앤 테이크, 인간관계라는 것은 오는 게 있으면 가는 게 있어야 했다. 음식점에서 나온 도윤의 눈에 테이크아웃 전문 카페가 보였다.

"그럼 커피라도 내가 살게."

"그래! 난 아이스 아메리카노."

카페 앞에는 '아이스 아메리카노 1천원'이라는 입간판이 서 있었다. 도윤은 원래 아메리카노보다 달달한 스무디를 더 좋아했다. 그러나 스무디는 4천원으로 아메리카노 가격의 네 배였다.

"아메리카노 두 잔 주세요."

스무디는 사치였다. 마음 같아서는 아예 안 마시고 싶었는데 그럼 규혁이 분명 이상하게 생각할 것이었다. 도윤이 주머니 속 5천원을 꺼내 카페 아르바이트생에게 건넸다.

"너 원래 달달한 거 좋아하지 않냐? 요즘은 아메리카노를 마시네."

"나도 이제 어른이야. 아메리카노는 어른들의 음료인 거 모르냐?"

도윤이 그럴듯한 변명을 했다. 3천원을 거슬러 받아 주머니에 넣으며 과연 이 돈으로 주말 이틀을 버틸 수 있을지 잠시 고민했다.

* * *

"아르바이트요?"

도윤은 대학교 선배인 상철의 제안에 눈이 휘둥그레졌다. 얼마 전 뜬금없이 상철에게 만나자는 연락을 받았다. 별로 친하지 않은 사람이 오랜만에 연락해서 만나자고 하는 건 뻔했다. 결혼이거나 보험 혹은 다단계. 도윤은 이 같은 생각이 들어 상철을 만나지 않으려고 했으나 맛있는 걸 사 주겠다며 끈질기게 매달려 어쩔 수 없이 자리에 끌려 나왔다.

도윤은 앞에 앉은 상철의 외형을 천천히 뜯어보

았다. 머리를 반듯하게 넘기고 슈트를 입고 있었다. 손목에 찬 고가의 명품 시계가 빛을 받아 번쩍였다. 성공한 사업가라기보다는 소위 네트워크 마케팅이라고 말하는 다단계 회사원 같은 모습이었다. 신뢰를 주기보다는 사기꾼 냄새가 난다는 말이다.

도윤에게 아르바이트를 제안한 걸 보니 청첩장을 주려고 만나자고 한 것은 아니었다. 머릿속으로 보험과 다단계의 가능성에 초점을 맞췄다.

"나 사업을 하나 하고 있거든. 오픈한 지 좀 됐는데 대리 기사 업체를 운영하고 있어. 너도 라디오에서 광고하는 거 들어 봤을걸? 1234-5678 마음이 편한 마음 대리운전."

마음 대리운전. 그 광고를 들어 본 적이 있다. 그런데 도윤은 마음 대리운전에서 일을 할 수 없다. 왜냐하면…

"거기 청각장애인만 일하는 곳 아니에요?"

마음 대리운전은 대리 기사가 모두 청각장애인인 회사였기 때문이다. 수많은 대리운전 회사 중 마음 대리운전이 화제를 모은 것도 이러한 이유였다. 조용하고 안전한 대리운전, 청각장애인이 운전하는 마음 대리운전. 이것이 마음 대리운전의 캐치프레이즈였다.

"맞아. 잘 알고 있네."

"이번엔 비장애인 기사를 모집하는 거예요?"

"아니. 우리 회사의 정체성이 청각장애인 대리운전인데 비장애인을 고용하면 안 되지. 국가에서 장애인 고용 활성에 대한 보조금도 받고 있거든."

도윤은 상철을 수상한 눈빛으로 쳐다봤다. 장애인만 고용하는 대리 기사 업체에서 도윤에게 무슨 아르바이트를 제안한다는 건지 이해가 가지 않았다. 혹시 대리운전 예약 전화를 받는 사무직 아르바이트를 모집하나 싶어 되물으려고 하던 찰나였다.

"가끔 대리 기사 못 나오면 네가 대타 좀 해 달라는 거야. 청각장애인인 척하고."

"청각장애인인 척을 하라고요?"

도윤은 자신도 모르게 목소리를 높였다. 큰 목소리에 주위 테이블에 앉은 사람들이 슬쩍 도윤을 쳐다보고는 다시 자신들끼리 이야기를 나눴다. 주위의 눈초리에 몸이 움츠러들었다. 상철은 아메리카노로 목을 축이며 말했다.

"어. 우리 업체 청각장애인 대리 기사들은 정규직

직원이다 보니 한 달 동안 근무를 해야 하는 날이 정해져 있거든. 근데 간혹 근무 일수를 못 채우는 경우가 있어. 이런 경우 보조금이 삭감돼서 나와. 또 일이 매일 많은 건 아니거든. 그래서 추가로 직원을 모집하기는 애매해서 일이 바쁠 때만 조금 도와 달라는 거야."

"들키면 큰일 나는 거 아니에요?"

"큰일 날 게 뭐가 있어. 대리운전만 하면 되는 거야. 어려울 거 하나도 없어."

"그래도 청각장애인인 척하는 건데…"

도윤이 불안한 목소리로 말을 흐렸다. 멀쩡히 잘 들리면서 청각장애인인 척하라는 게 내키지 않았다. 아주 혹시라도 들키기라도 하면 어떻게 한단 말인가. 상철은 거부감을 드러내는 도윤을 회유했다.

"너 공시 준비한다면서."

"네…"

"인강 비용에 책, 모의고사 보면 돈이 줄줄 샐 텐데 아르바이트 없이 되겠어?"

상철의 말이 맞았다. 지방에서 올라와 자취를 하는 도윤은 서울에서 숨만 쉬어도 돈이 나갔다. 매달 나가는 월세에 관리비, 교재와 인강비까지. 물가가 왜 이렇게 많이 올랐는지 식당 가서 밥을 먹는 것도 부담이었다.

얼마 전 도윤은 규혁과 같이 커피를 마시고 남은 돈 3천원으로 주말을 보냈다. 하루 한 끼만, 삼각김밥과 컵라면을 먹으며 버티는 데 성공했다. 커피나 디저트? 안 먹은 지 오래다. 아니, 못 먹은 지 오래다. 도윤이 머릿속으로 이번 달에 나가야 하는 돈을 떠올렸다. 들어오는 돈은 없는데 나갈 돈만 많았다. 그래도 상철이 제안하는 아르바이트는 찝찝했다.

"… 그렇지만 이건 범죄 아니에요?"

"범죄? 야, 이 정도는 죄도 아니야. 너 돈 많은 놈들이 재산 숨기고 기초 수급자 등록해서 나라에서 지원금 받는 거 몰라? 그런 놈들도 당당한데 이런 걸로 무슨…"

상철은 뻔뻔하게 말했다. 남이 불법을 저지른다고 자신이 짓는 죄에 면죄부가 주어지는 것도 아닌데 말이다. 도윤은 흔들리는 눈빛으로 상철을 쳐다보았다. 자기 사업을 하며 산전수전을 겪은 상철에게 사회 초년생 도윤은 다루기 쉬운 상대였다.

"넌 그냥 내가 대여해 주는 면허증 하나 들고 있으

면 돼. 음주 운전 안 하고 교통법규 위반 안 하면 면허증 제시할 일이 있어? 난 지금까지 운전하다가 면허증 제시 요구받은 적 없어. 너도 잘 생각해 봐. 운전하면서 면허증 제시할 일이 얼마나 됐는지."

도윤이 앞에 놓인 아메리카노 잔을 바라보았다. 커피가 반쯤 남은 컵의 표면에 송골송골 맺힌 물방울을 검지로 쓸어내렸다. 상철이 커피를 사 주겠다며 먹고 싶은 걸 먹으라고 했지만 얻어먹는 것이 불편해 가장 저렴한 아메리카노를 시켰다.

돈이 필요해 아르바이트를 하고 싶어도 정기적으로 일할 사람만 구하니 도윤이 하기에는 마땅치 않았다. 공무원 시험이 최우선이었기 때문이다. 그런 도윤에게 상철의 제안은 달콤했다. 상철의 말처럼 걸릴 일은 없어 보였다. 세상에 나쁜 짓을 하는 사람이 얼마나 많은데 고작 청각장애인인 척하는 것쯤이야.

고개를 숙이고 생각에 빠진 도윤을 보며 상철이 목소리를 높였다.

"너는 남자 놈이 배포가 이렇게 작아서 어떻게 할래? 이거 완전 꿀알바라니까. 운전만 하면 돼서 힘든 게 전혀 없어! 너 어디서 이렇게 일하고 이만한 돈 못 받아."

상철의 말에 도윤은 결정을 내렸다. 대리운전은 남들보다 체력이 좋지 않은 도윤이 할 수 있는 최적의 아르바이트였다. 게다가 청각장애인 대리 기사면 손님들과 이야기를 나눌 필요도 없을 테니 내성적인 성격에도 잘 맞았다.

"할게요. 알바비는 언제 들어오나요?"

"원래는 익월 말에 지급하는데 특별히 넌 다음 날 바로 돈 넣어 줄게."

자신이 아쉬워서 도윤에게 아르바이트를 부탁하는 주제에 대단한 선심이라도 쓰듯이 말했다. 이로써 상철은 한시름 덜었다. 국가에서 보조금을 받고 있는 상철은 대리 기사들이 근무 일수를 채우지 못하는 것에 민감했다. 아무래도 국가 보조금을 받는 사업이다 보니 가짜 청각장애인을 고용했다는 사실을 들키면 안 됐다. 어디서 말을 흘리지 않고 조용히 자기 일만 해 줄 사람. 그런 점에서 도윤을 낙점한 것이다. 소심하고 말이 없던 후배. 게다가 공시를 준비하고 있다니 용돈 벌이가 필요할 걸 알고 연락한 것이다.

도윤은 입이 바짝 말랐다. 어쨌든 누군가를 속이

는 일이니 마음이 편치는 않았다. 아메리카노로 입을 축인 도윤이 상철에게 꾸벅 인사를 했다.

"감사합니다."

"넌 인마 땡잡은 줄 알아. 다른 사람이 아닌 너에게 이런 행운이 온 것을."

행운. 도윤은 상철이 한 말을 되뇌었다. 자신과 거리가 먼 생경한 단어라 그런지 입에 잘 붙지 않았다. 아메리카노 때문인지 입맛이 썼다.

* * *

대리 기사로 일하는 것은 크게 어려울 게 없었다. 대리운전 앱을 통해 예약이 들어오면 출발지와 도착지를 확인한다. 출발지로 가서 손님을 태우고 운전해서 목적지까지 데려다주면 되는 아주 쉬운 일이었다. 하고 싶은 이야기가 있거나 목적지가 변경되면 태블릿 PC에 적어 보여 주면 됐다.

마음 대리운전에서 일할 때 도윤은 중증 청각장애인이었다. 중증 청각장애인은 옆에서 큰 소리가 나도 듣지 못한다. 즉, 운전을 하는 동안에 나는 작은 소음은 전혀 듣지 못해야 했다. 작은 소리에 고개를 돌리지 않고 못 들은 척하는 것은 꽤 힘든 일이었다. 그러나 인간은 적응의 동물이라고 점차 익숙해지기 시작했다.

청각장애인 대리운전을 이용하는 손님 중에는 재미있는 사람들이 많았다. 입에 담기도 어려운 욕을 하며 친구와 싸우는 대학생, 큰 소리로 트림을 하고 방귀를 뀌는 아저씨, 업무와 관련된 비밀스러운 이야기를 하는 사장님까지. 손님들은 운전을 하는 도윤이 청각장애인이라고 생각해 편하게 행동했고, 도윤은 들리지 않는 척하면서 속으로 웃음을 참아야 할 때도 종종 있었다.

마음 대리운전 앱에는 대리 기사들이 손님에 대한 평가를 남길 수 있는 제도가 있는데 심심할 때면 고객 평가를 읽어 보는 재미도 쏠쏠했다. 대리 기사를 폭행한 사람들은 블랙리스트로 등록되고 매너가 좋은 사람들은 평가 등급이 높았다. 1등급부터 5등급까지 있었는데 대부분 2~3등급이었다.

도윤은 오늘 급하게 아르바이트를 나와 달라는 전화를 받고 버스를 탔다. 처음에는 한 달에 두어 번만

하려고 했던 아르바이트였는데 어느새 일주일에 한두 번은 꼬박꼬박 나가고 있었다. 하루 일을 나가면 최소 5만원 이상의 돈이 손에 쥐어졌다. 게다가 바로 다음 날 계좌에 돈이 들어오니 더할 나위 없이 좋았다.

도윤은 대리운전 예약 앱을 통해 이번 손님에 대한 정보를 다시 한 번 보았다.

"평가가 1등급인 손님이 존재하는구나…"

윤태건이라는 예약자 이름에는 1등급 마크가 붙어 있다. 오늘 도윤의 대리운전 예약자였다. 얼굴은 나오지 않지만 이름과 핸드폰 번호는 대리운전 앱 DB에 저장돼 있었다. 많은 손님을 접한 것은 아니지만 1등급은 처음 보았다. 도윤은 앞서 차를 운전한 대리 기사가 올린 평가를 살펴보았다.

엄청 잘생기고 매너 좋으심

현금 결제하고 거스름돈을 받지 않아요

현금 결제를 하면서 잔돈을 팁으로 준다니 정말 괜찮은 사람이었다. 도윤은 기왕이면 태건이 10만원이나 5만원으로 대리비를 결제하길 기대했다.

버스에서 내린 도윤은 핸드폰을 보며 습관적으로 메시지 함에 들어갔다. 각종 광고 문자 사이에 규혁의 메시지가 있었다.

ㅅㅂ 이번에 시험 응시자도 많을 것 같다는데

올해는 붙어야지

오늘 모고 50점만 넘어도

실제 시험은 합격권일 거라는데 오전 8:46

오전 9:12 잘 보고 와라

나 낼모레 알바비 들어옴

삼겹살 쏜다

1 오후 5:55 시험 끝났냐?

도윤이 어제 오후에 보낸 메시지는 아직 읽지 않은 상태였다. 학원 모의고사가 생각보다 어려워 핸드폰을 꺼 놓고 잠수라도 탔나 싶다. 원래 공시나 전문 자격증 시험을 준비하는 사람들은 모의고사를 보고 나서 예민해지기 마련이다. 규혁의 성격상 모의고사 하나 망쳤다고 나쁜 생각을 하진 않겠지만 걱정이 되어 메시지를 하나 더 남겼다.

핸드폰을 바지 주머니에 넣고 도윤은 한동안 걸었다. 고급스러운 단독주택과 아파트가 즐비한 이곳은 자차가 없으면 오기 불편했다. 이런 곳에 사는 사람들이 자차가 없을 리가 없으니 대중교통이 발달하지 않은 것이다.

도윤은 단독주택 앞에 멈춰 섰다. 대리운전 앱에서 평가가 좋은 이유가 날 때부터 풍부했기 때문은 아닐까. 곳간에서 인심 난다고 역시 잘사니까 매너도 좋구나. 원래 현실감 없이 돈이 많으면 오히려 부럽지가 않다. 비슷해야 라이벌 의식도 생기고 경쟁이 되는 거지, 전교 꼴등이 전교 1등을 질투하지는 않으니까.

도윤은 주택 앞에 세워진 고급 대형 세단을 발견했다. 재벌가 회장님들이 탄다는 국산차였다. 재벌이나 고위 공무원, 전문직 부자는 국산차를 탄다고 들은 적이 있었다. 아무래도 대통령과 만날 일도 있고 국가기관에 드나드는데 외제차를 타는 것보다 국산차를 타야 눈치가 안 보인다나 뭐라나. 즉, 이 차의 주인이 돈이 많다는 건 변하지 않는 사실이다.

도윤이 차 문을 두드리자 운전석 문이 자동으로 열렸다.

"안녕하세요. 대리 부르셨죠?"

"네. 맞아요."

도윤은 조수석에 앉아 있는 태건의 얼굴을 확인했다. 배가 불뚝 나온 돈 많은 아저씨를 생각했는데 웬걸. 얼굴까지 잘생겼다. 혹시 주말 드라마에서 본 얼굴은 아닌가. 도윤은 자신이 본 드라마나 영화 속 배우를 떠올려 봤다. 원래 연예인에 관심이 없는 편이라 딱히 떠오르는 얼굴이 없었지만.

"잠시만요."

도윤은 우선 사이드미러에 볼록 미러를 붙였다. 그리고 청각장애인 스티커를 들고 차 뒤편으로 갔다. 그때 더러운 차량 번호판이 눈에 들어왔다. 세차한 지 얼마 안 된 듯 아주 하얀 세단인데 번호판에는 진흙이 묻어서 식별이 안 되는 상태였다. 우선 도윤은 청각장애인 스티커를 붙이고 다시 운전석 쪽으로 왔다.

"사장님, 번호판이 더러워서 좀 닦으려고 하는데 물티슈 있을까요?"

청각장애인과 비장애인이 소통할 때 꼭 글자로 적

어서 하지 않아도 된다. 청각장애인이 상대방의 입 모양을 보고 하는 말을 알아들을 수 있기 때문이다. 태건은 마음 대리운전을 이용해 본 사람이라 청각장애인과 대화를 어떻게 하는지 잘 알고 있었다. 도윤의 질문에 태건이 고개를 돌려 입 모양이 보이게 대답했다.

"아뇨, 그냥 타셔도 돼요."

"네? 단속에 걸리면 벌금을 내셔야 할 텐데요."

도윤이 되물었다. 차량 번호판을 고의로 가리면 자동차 법규 위반 중에서도 높은 수위의 처벌을 받는다. 징역 1년 이하 혹은 1천만원 이하의 벌금이 부과된다고는 하지만, 현실적으로는 과태료 50만원을 내야 한다.

"제가 알아서 할 테니 그냥 가죠."

태건이 사람 좋아 보이는 미소를 지으며 말했다. 말이 좋아 웃으며 말한 것이지, 사실상 명령조에 가까웠다. 도윤은 차 주인이 그렇게 말하니 그냥 운전을 하기로 했다. 벌금을 물어도 자기가 문다고 했으니 말이다.

도윤이 운전석에 올라타자 자동차 시트도 자동으로 움직였다. 고급차답게 풀옵션으로 맞춘 차였다.

홍영동에서 20대 남성이 실종됐습니다. 홍영동에서 연달아 실종 사건이 발생해 주민들의 불안감이 커지고 있습니다. 이에 성인들의 실종 신고 법안이 개정되어야 한다는…

태건은 라디오 뉴스를 듣고 있었다. 뉴스에서는 요즘 대한민국을 떠들썩하게 한 홍영동 실종 사건에 대한 내용을 다루고 있었다. 도윤은 뉴스를 들으면서 안전벨트를 맸다.

2 지키지 못한 경찰

업무보고 문서를 작성하던 수현이 컴퓨터 옆에 놓인 달력을 보았다. 시간이 어떻게 흐르는 줄도 모르게 일에 열중하다가도 이렇게 문득문득 떠올랐다. 지훈이 사라진 지도 벌써 2년 반이 넘었다. 수현은 마른세수를 했다. 홍영동 연쇄 실종 사건의 두 번째 실종자는 수현의 친동생이었다. 만약 첫 번째 실종자가 생겼을 때 초동 수사가 제대로 이루어졌다면 지훈은 사라지지 않았을까. 수현은 그날을 잊을 수 없다.

* * *

“우리 딸, 우리 딸 좀 찾아 주세요!”

중년 여성이 울부짖으며 홍영지구대로 뛰어 들어왔다. 업무를 보던 수현이 고개를 들었다. 안 그래도 일이 많아서 머리가 지끈지끈한데, 먼저 처리해야 할 일이 생겼다. 중년 여성의 얼굴은 눈물로 젖어 있었다. 그는 수현을 발견하곤 구세주라도 만난 양 달려왔다.

“우리 딸이, 실종됐어요. 어제저녁부터 연락, 이 되지 않아요… 빨리 우리 딸 좀, 찾아 주세요!”

금방이라도 숨이 넘어갈 듯 헐떡이는 목소리였다. 수현은 지구대 내부를 둘러보았다. 하필이면 지구대에 수현 말고는 아무도 없었다. 자신의 옆자리가 비어 있다는 것에 탄식했다.

홍영동은 유독 민원이 많은 동네였다. 내부 업무는 물론, 외부에서 직접 개입해야 하는 민원도 많았다. 상근하는 경찰이 다섯 명도 안 되는 작은 지구대는 늘 바빴다. 조금 전 수현의 후배 세훈은 고깃집에서 무전취식 신고를 받고 비장하게 출동했다. 즉, 이 민원을 처리할 사람은 자신뿐이었다. 수현은 당장 오늘 저녁까지 작성을 마쳐야 하는 보고서를 내려다보았다.

이런 일은 세훈이가 잘하는데. 아직 경찰이 된 지 1년이 안 된 세훈은 모든 신입이 그렇듯 적극적이었다. 자리에 없는 세훈을 떠올려 봤자 달라질 게 없었다. 빨리 민원을 해결하고 밀린 일을 해야 했다. 한때는 국민의 가장 가까운 곳에서 사람들을 돕는 민중의 지팡이가 되겠다던 수현은 일에 지친 직장인이 되었다. 과중한 업무로 번아웃이 온 것이다. 해도 해도 끝나지 않는 업무에 대응 매뉴얼을 기계처럼 읊었다.

"나이가 어떻게 되시죠?"

"스물두 살이에요."

수현은 민원서류 중 '가출 신고서'를 중년 여성에게 건네주었다. 종이를 받아 든 중년 여성은 눈물을 흘리며 소리치듯 말했다.

"지금 제 말 못 들으셨어요? 가출이 아니라 실종이라니까요…!!"

"죄송하지만 성인의 경우 실종 신고가 아닌 가출 신고로 처리됩니다."

"우리 딸은 가출한 게 아니라니까! 무슨 일이 생겼을지도 모른다고요!"

"일단 가출 신고서로 접수하셔야 합니다."

수현은 최대한 감정이 담기지 않은 목소리로 대답했다. 이렇게 민원인이 감정적으로 흥분한 경우 경찰에게도 폭력적으로 행동할 수 있어 감정을 배제하고 말하는 것이 일을 빨리 끝내는 데 도움이 되기 때문이다.

"아니, 지금, 우리 딸이,"

호흡을 가쁘게 쉬던 중년 여성이 그대로 주저앉았다. 결국 수현은 자리에서 일어나 중년 여성을 근처 의자에 앉혔다. 그는 수현의 손을 꽉 쥐고 덜덜 떨리는 목소리로 호소했다.

"가출이 아니라 실종이에요. 빨리 출동 좀 해 주세요."

"선생님 범죄 혐의가 없으면 경찰이 출동할 수 없어요."

수현이 단호하게 말했다. 사람들은 아무 때나 경찰이 출동할 수 있는 줄 아는데 그런 경우는 많지 않았다. 안타깝지만 이게 현실이었다. 중년 여성은 다시 감정이 북받쳐 올라 눈물을 터트렸다.

"나 우리 딸밖에 없어요. 애비도 없는 애, 금지옥엽 키웠다고요."

"…우선 가출 신고부터 하시고 주위에 전단을 붙이시는 게 좋을 겁니다."

"가출이 아니라니까요. 위치 추적, 그래 핸드폰 위치 추적 좀 해 주세요!"

중년 여성은 기대에 차서 요구했다. 수현은 속으로 혀를 찼다. 영화나 드라마에서 핸드폰 위치 추적 모습을 쉽게 보여 줘서 문제였다. 핸드폰 위치 추적은 그렇게 쉽게 할 수 있는 게 아니었다. 개인의 사생활도 보호되어야 하기 때문이다.

"성인의 경우 실종 신고가 아니라 가출 신고로 처리돼요. 법이 그렇습니다. 성인이라면 본인 의지로 집을 나간 것일 수 있다고도 봅니다. 단순 가출은 위치 추적과 카드 명세서를 확인할 수 없어요."

"법이 이상한 거 아니에요? 성인은 왜 실종 신고가 안 되는데요!"

"가정 폭력을 피해서 집을 나가는 경우도 있고요. 이런 경우 위치 추적을 해서 다시 가정으로 불러들일 수는 없어서 그렇습니다."

"난 우리 애한테 폭력을 휘두르지 않았어요!"

수현은 머리가 지끈거려 관자놀이를 눌렀다. 성인

의 실종 사건을 접수할 때면 늘 있는 실랑이였다. 이런 경우는 계속 말상대를 해 주면 끝도 없었다. 가만히 두면 혼자 흥분해서 이야기를 하다가 제풀에 지치기 마련이다.

수현이 아무 말을 하지 않자 중년 여성은 그제야 가출 신고서를 작성하기 시작했다.

"제가 할 수 있는 게 뭔가요? 경찰이 안 나서면 내가 우리 딸 찾을 거예요!"

수현은 컴퓨터로 다른 업무를 보기 시작했다. 민원인들은 이렇게 컴퓨터로 무언가 찾아보거나 타자 소리를 내면서 일하는 모습을 보면 든든해하기 때문이다. 사실 실종 사건이 일어나도 개인이 할 수 있는 건 없다. 그러니 사람들이 흥신소니 심부름 센터를 찾는 것이다. 그리고 이런 실종 사건은 대부분 무사 귀환하는 경우가 많았다. 20대 초반의 젊은 나이라면 친구와 술을 마시고 잠수를 탄 경우가 대부분이었다. 수현은 하루만 차분히 기다려 보면 해결될 일을 괜히 지구대까지 온 민원인이 유난스럽다고 생각했다.

한참 타자 소리를 내며 다른 일을 한 수현이 다시 중년 여성에게 말했다.

"…선생님께서 하실 수 있는 건… 주위에 전단을 붙이시고 따님이 마지막으로 만난 사람들에게 이야기를 들어 보는 것입니다."

"아니, 그런 거 말고 우리 딸을 찾을 수 있는 확실한 방법을 알려 달라고요! 우리 미영이, 우리 미영이가 잘못되기라도 하면…"

호흡을 헐떡이던 중년 여성은 결국 정신을 잃고 쓰러졌다. 민원인이 자주 찾는 홍영지구대에서는 일상이었다. 수현은 중년 여성의 호흡을 확인하고 의자에 눕혔다. 그리고 테이블 위에 올려진 가출 신고서를 확인했다.

스물한 살. 선촌대학교 간호학과. 장미영. 젊은 피해자의 정보를 무미건조한 표정으로 보던 수현은 파일철에 해당 서류를 보관했다.

* * *

퇴근 시간이 되자마자 수현은 서둘러 지구대에서 나와 차에 탔다. 지훈이 맛있는 저녁을 차려 놓겠다며 늦지 않게 오라고 신신당부했기 때문이다. 운전하는 수현의 얼굴에 옅은 미소가 떠올랐다.

수현에게는 세상에서 제일 소중한 사람이 딱 한 명 있다. 부모도 남자 친구도 아닌 남동생 지훈이었다. 불의의 사고로 부모를 잃었을 때 수현은 열아홉 살이었고 동생인 지훈은 고작 일곱 살이었다. 수현과 지훈이 기댈 사람은 서로밖에 없었다. 수현은 열두 살 어린 지훈을 지켜야 했다. 동생치고는 나이 차이가 커 수현은 지훈을 자식 대하듯이 행동했다.

수현은 고등학교를 졸업하자마자 경찰 공무원 시험을 봤다. 동생을 뒷바라지하기 위해서는 최대한 빨리 안정된 직장에 다녀야 했기 때문에 대학교는 사치였다. 대학교를 졸업하지 않아도 차별받지 않고 일할 수 있는 건 공무원뿐이었다. 평소 체력에 자신 있던 수현은 다른 직렬보다 합격 기준이 낮은 경찰 공무원 시험을 준비했다. 남들은 2년은 걸린다는 공부지만 수현은 1년 만에 합격했다.

지훈은 하나를 배우면 둘을 알았다. 수현은 그런 지훈에게 해 줄 수 있는 모든 지원을 해 주고 싶었다. 적어도 돈 때문에 하고 싶은 것을 포기하지 않게는 해

주고 싶었다. 어디 가서 부모 없는 자식이라는 소리를 듣지 않게 최선을 다했다.

수현의 노력은 헛되지 않았다. 지훈이 의대에 합격한 것이다. 의대는 돈이 많이 든다며 걱정하는 지훈에게 그런 걱정은 하지 말라고 했다. 물론 고작 경찰 공무원의 수입으로 의대에 간 동생을 지원하는 건 어려웠다. 그래서 수현은 공무원 연금을 담보로 대출을 받았다. 다행히 요즘 은행들은 경찰, 소방관 등 공무원의 퇴직연금까지 심사해 대출을 승인해 주고 있었다. 다시 한 번 경찰이 돼서 다행이라고 생각했다.

오래된 빌라 앞에 주차한 수현이 빠른 걸음으로 계단을 올라갔다. 현관문을 열자 녹이 슬어 삐걱대는 소리가 들렸다. 현관문에 기름칠이라도 해야겠네. 주방으로 들어가자 맛있는 음식 냄새가 식욕을 돋우었다.

"누나 왔어?"

지훈이 반가운 목소리로 수현을 맞았다. 식탁에는 지훈이 직접 만든 요리로 가득했다. 김치찌개, 삼겹살, 각종 밑반찬까지. 지훈이 수현을 위해 요리를 하는 것은 자주 있는 일이었다. 지훈은 야근을 하느라 밤늦게 들어오는 수현을 위해 집안일을 도맡아 했다. 그거라도 하지 않으면 미안해서 안 된다며.

수현은 먹음직스럽게 차려진 음식을 보며 입맛을 다셨다. 두 사람이 식탁에 마주 보고 앉았다. 이렇게 같이 얼굴을 마주 보고 밥을 먹는 건 일주일 만이었다.

"중간고사 준비는 잘돼?"

"죽겠어, 진짜."

지훈이 의대에 입학하고 나서는 얼굴도 제대로 보기 어려웠다. 빡빡한 수업을 따라가기 위해 도서관에서 늦게까지 공부하는 게 일상이었다. 수현 역시 업무가 많아 제시간에 퇴근하는 날이 적었다.

"쉬엄쉬엄해."

"열심히 해야지. 대학병원 가서 우리 누나 호강시켜 줄 거야."

지훈은 좋은 성적으로 학교를 졸업해 대학병원 의사가 될 것이라고 늘 말했다. 고생한 누나에게 몇 배로 갚아 줄 거라고. 수현은 그런 지훈이 고맙기도 하면서 너무 큰 부담을 준 것 같아 마음 한편이 무거웠다.

"요즘 일은 좀 어때?"

"내 걱정은 하지 마. 대부분 내근이라 힘든 일도 없어."

수현은 혹여나 지훈이 걱정할까 봐 아무렇지 않게 말했다. 교통안전과라 사고가 나면 현장으로 가는 일도 많았다. 현장일은 꽤 고됐다. 자신은 잘못이 없다며 다짜고짜 경찰에게 욕을 퍼붓는 운전자들이 많았기 때문이다. 그렇다고 내부 업무가 쉬운 건 아니었다. 밤이 되면 취객이 행패를 부리기도 했다. 술에 취해 여자인 경찰에게 성희롱을 하는 사람도 있었다. 그러나 이런 이야기를 털어놓기에는 지훈이 너무 어렸다.

지훈은 수현이 지켜야 할 소중한 사람이기 때문에 이런 일들은 이야기하고 싶지 않았다.

"나는 우리 멋진 누나가 정말 자랑스러워."

"남들 다 하는 일 하는 건데, 뭘…"

지훈은 경찰인 수현을 자랑스러워했다. 지구대에서의 수현은 일에 지친 직장인일 뿐인데 지훈은 수현을 발 벗고 뛰는 경찰로 생각했다. 그럴 때면 조금 부끄럽게 느껴졌다.

"나 이번 주 목요일에 중간고사 끝나는데 그날 친구랑 술 마시고 늦게 올 거야."

"그래. 통장에 용돈 넣어 줄 테니까 재미있게 놀다 와."

"나도 과외 아르바이트라도 할까 봐. 매번 누나한테 용돈 받는 것도 미안해서…"

"됐어. 넌 공부나 열심히 해. 수당이랑 이것저것 합치면 돈 많이 받아."

수현이 밥을 떠 입에 넣었다. 아직 대학생인 지훈은 공무원의 월급에 대해 자세히 몰랐다. 기본급에 여러 가지 수당이 붙어 많이 받는다고 했지만 사실 공무원 월급은 뻔했다. 세금 떼고 200만원 조금 넘게 손에 쥐는 게 현실이었다.

수현은 이번 달 생활비와 지훈의 학비를 떠올렸다. 다행히 지훈이 장학금을 받았지만 전액은 아니라 납입해야 하는 학비가 만만치 않았다. 제일 먼저 지출을 줄일 수 있는 건 수현의 점심, 저녁 식사비였다. 기사식당이나 백반집에서 먹으면 7천원이었다. 편의점에서 컵라면과 김밥을 먹으면 4천원을 넘지 않는다. 수현은 당분간 점심은 편의점에서 간단히 때워야겠다고 생각했다. 그래도 상관없었다. 지훈에게는 모든 걸 다 해주고 싶었으니까. 지훈은 수현이 지켜야 할, 그래서 열심히 살게 만드는 존재였다.

* * *

중간고사가 끝난 날, 지훈은 집에 들어오지 않았다. 시험이 끝나 친구들과 술을 마시느라 집에 못 들어올 수도 있다고 했기 때문에 대수롭지 않게 생각했다. 다만, 어제 꿈자리가 사나워 기분이 뒤숭숭했다. 꿈속에서 지훈과 밥을 먹으려고 그릇에 밥을 담다가 그릇을 놓쳐 깨졌다. 수현의 밥을 그릇에 담는 건 잘 담아지는데 지훈의 밥만 담기지 않았다. 밥그릇이 깨지는 꿈은 흉몽이라는데. 수현은 찝찝한 기분을 떨쳐 내려고 노력했다.

평소처럼 출근해서 정신없이 일을 처리하던 수현은 점심시간이 돼서야 다시 핸드폰을 확인했다. 여느 때처럼 지훈의 메시지가 와 있을 거라 생각했다. 두 사람은 아무리 바빠도 매일 메시지를 주고받았기 때문이다. 그러나 수현이 받은 메시지 중 지훈의 메시지는 없었다. 부재중 전화 역시 없었다. 수현은 지훈과 주고받은 메시지를 확인했다.

누나 나 오늘 집에 못 들어갈 수도 있어

친구들이랑 술 마시는 중ㅋㅋ

나 걱정하지 말고 자 오후 10:41

오후 11:02 알았어 잘 놀다 와

×년 ×월 ×일

1 오전 7:38 일어났어?

지훈은 아직 수현의 메시지를 읽지 않았다. 대학교에 들어가고 치르는 첫 중간고사이다 보니 친구들과 뻗을 때까지 마셨나 싶지만 걱정되는 게 사실이었다.

수현은 점심을 먹으러 가기 전 지훈에게 전화를 걸었다. 지훈의 핸드폰은 꺼져 있었다. 배터리 충전을 못 해서 연락을 못했나. 수현은 메시지를 하나 더 남겼다.

1 오후 12:02 핸드폰 꺼져 있네? 걱정되니까

핸드폰 충전하면 바로 연락해 줘

메시지를 보낸 수현은 편의점에서 먹을거리를 간단히 사 오려고 했다. 윤 경감이 자리에서 일어나 수현과 세훈에게 말했다.

"점심 먹으러 갑시다."

"경감님, 저는 편의점에서 사 먹으려고 합니다."

"편의점? 왜, 일이 많아서 밥 먹으러 갈 시간이 안 돼?"

"아뇨… 돈을 좀 아껴야 해서요."

수현의 말에 윤 경감이 무슨 말인지 알겠다는 표정을 지었다.

"동생 때문에 그래?"

수현의 동생 사랑은 홍영지구대에서도 유명했다. 수현은 멋쩍게 웃으며 대답했다.

"학비가 장난이 아니네요."

"아이고. 의대 갔다더니 언제 누나 호강시켜 주나. 내가 점심 살 테니 같이 먹으러 가지."

수현은 결국 윤 경감을 따라나섰다. 지구대 근처의 국밥집에 가서도 수현은 핸드폰에서 시선을 떼지 못했다. 눈앞에 뜨거운 김이 모락모락 피어오르는 국밥도 먹는 둥 마는 둥이었다. 앞에서 국밥을 먹던 윤 경감이 물었다.

"최 경장, 무슨 일 있어? 핸드폰에서 눈을 못 떼네."

"실은 동생이 어제부터 연락이 안 됩니다."

"남동생이잖아. 하루 정도 연락 안 된 걸로 너무 걱정하는 거 아니야?"

윤 경감은 수현의 동생이 남자라는 걸 알고 별일 아니라는 듯이 말했다. 옆에서 국밥을 먹던 순경 세훈도 거들었다.

"맞습니다. 저도 대학생 때 술 먹고 집에 못 들어가고 그랬습니다. 아파트 단지 내 놀이터에서 잔 적도 있고… 어느 날은 정신 차려 보니까 부산이었습니다."

"남자라면 술 먹고 엉뚱한 곳에서 눈 떠 보곤 하지."

윤 경감과 세훈은 서로 쿵작이 맞았다. 수현은 두 사람이 이해가 가지 않았다. 아무리 남자라고 해도 하나뿐인 가족이 연락이 안 되는데 자기 일이 아니라고 이렇게 쉽게 말하나 싶었다. 게다가 지훈과 이렇게 연락이 오랫동안 안 된 적이 없었다. 남들은 남동생이 친구와 싸워 합의금 물어 주느라 바쁘다는데 지훈은 속 한 번 안 썩였다.

"이제 스무 살밖에 안 된 동생입니다. 중간고사가 끝나고 친구들과 술을 마신다더니 연락이 아예 되지 않아서 걱정입니다."

"연락 안 된 지 얼마나 됐어?"

"어젯밤에 연락했으니까… 열두 시간 좀 넘은 것 같습니다."

수현의 말에 윤 경감이 호탕하게 웃는다.

"아직 하루도 안 됐잖아? 최 경장, 우리 지구대에 실종 신고 접수하러 오는 민원인들 많은 거 알지? 그거 대부분 어떻게 처리됐어? 거의 무사 귀환이잖아."

윤 경감의 말에 수현이 입을 다물었다. 불과 얼마 전, 수현도 실종 신고를 하러 온 중년 여성을 보며 그렇게 생각했다. 그때는 남의 일이라고 쉽게 생각했는데 당사자가 되니 달랐다.

"우리 최 경장이 너무 걱정이 많네. 남자는 한 일주일 연락 안 되면 그때부터 걱정하면 돼."

"아마 오늘 저녁쯤에 다 죽어 가는 목소리로 전화올 것입니다. 대학교 입학하고 첫 중간고사니까 엄청 마셨을 겁니다."

수현은 찬물을 벌컥벌컥 마셨다. 그래도 뜨거운 속이 식지 않았다. 윤 경감과 세훈의 말대로 아무 일도 아니고 자신이 예민하게 반응한 것이었으면 하고 바랐다. 홍영지구대에서 일하면서 본 실종 사건만 해도 수

십 건이었다. 대부분 술을 마시고 연락이 두절된 경우였다. 수현은 애써 긍정적으로 생각했다.

식사를 마치고 지구대로 돌아온 수현은 다시 일을 시작했다. 일이 손에 잡히지 않았으나 쌓인 업무를 그냥 둘 수는 없었다. 퇴근할 때까지 지훈의 연락은 오지 않았다.

다음 날 아침, 여전히 지훈의 핸드폰은 꺼져 있었다. 지훈과 연락이 끊긴 지 서른 시간이 지났다. 다 큰 성인이, 대한민국 서울에서 서른 시간이 넘을 동안 연락이 되지 않는다는 건 이상한 일이었다. 수현은 무언가 심상치 않은 일이 일어나고 있음을 직감하고 급하게 연차를 사용했다.

수현이 향한 곳은 지훈의 학교였다. 가끔 차에 지훈을 태워 등교를 도와준 적이 있었다. 내비게이션에 저장된 지훈의 학교를 이런 식으로 찾아올 줄은 꿈에도 몰랐다. 먼저 학과 조교를 만났다. 그를 통해 이틀 전 지훈과 술을 마신 친구들을 만날 수 있었다.

지훈의 친구들도 걱정되는 얼굴로 말했다.

“새벽 2시쯤 헤어졌어요. 술에 좀 많이 취하긴 했는데 집에 못 갈 정도는 아니었고요. 다음 날 오전 수업에 나오지 않아서 전화를 했는데 안 받더라고요…
그 뒤로도 몇 번 전화를 해 봤는데 핸드폰이 꺼져 있
었어요.”

학교 친구들도 지훈의 행방을 몰랐다. 도대체 지훈은 언제 사라진 것인가. 새벽 2시 이후부터 수현이 연락을 한 오전 7시 반, 그사이에 무슨 일이 일어난 것일까.

결국 수현은 자신이 근무하는 홍영지구대에서 지훈의 실종 신고를 접수했다.

“최 경장도 알겠지만 범죄 수사 규칙에 의해서 경찰관 본인이 피해자의 친족이면 수사 직무의 집행에서 제척돼.”

윤 경감이 안타까워하며 말했다. 수현의 친동생인 지훈이 사건 당사자였기 때문에 어떠한 범죄 사실이 드러나도 수현은 수사에 참여할 수 없었다. 그러나 수현은 가만히 있을 수 없었다. 지훈을 추적하는 데 ‘경찰’이라는 직업은 치트키, 그 자체였다. 다시 한 번 자신이 경찰이라는 사실에 감사했다.

수현은 제일 먼저 경찰 전산망을 이용해 지훈의 핸드폰 위치를 추적했다. 범죄가 의심되는 상황이 아니면 개인 정보 보호법에 의해 금지된 일이었지만 뭐라도 해야 했다. 그게 위법한 일이라도 말이다.

지훈의 핸드폰이 마지막으로 꺼진 곳은 학교에서 멀지 않은 원룸촌 골목길이었다. 수현은 곧바로 원룸촌 골목을 찾았다. 하필이면 CCTV도 고장 난 곳이었다. 근처 상가의 CCTV를 통해 지훈의 마지막 모습이 담긴 영상을 확인할 수 있었으나 단서가 되지는 않았다. 수현은 원룸촌 골목으로 들어가는 지훈의 모습이 담긴 CCTV를 확인하고 또 확인했다. 혹시라도 지훈이 남긴 단서를 놓칠까 봐.

지훈과 연락이 두절된 지 사흘째 되는 날, 지훈의 학교 근처에 대대적으로 실종 전단이 붙었다. 수현이 커뮤니티와 SNS에 올린 지훈의 행방을 찾는 글이 큰 화제를 모았다. 언론사에서도 지훈의 사건에 관심을 갖고 기사가 올라왔다. 방송국에서도 수현을 찾아왔다. 수현은 지훈을 찾기 위해 언론사의 인터뷰도 마다하지 않았다. 많은 사람들의 관심을 받자 지훈을 찾을 수 있다는 희망이 생겼다. 언론이나 매스컴에서 나서면 수현 혼자 지훈을 찾는 것보다 훨씬 파급력이 있기 때문이다.

언론과 매스컴은 사람들의 시선을 끌기 좋은 이야기를 풀었다. 부모님이 없이 자란 가난한 남매, 동생을 위해 경찰이 된 누나, 의대에 입학한 똑똑한 남동생. 누나를 호강시켜 주겠다던, 미래가 창창한 젊은이가 실종됐다는 이야기는 대중의 관심을 받기 충분했다.

그러나 딱 여기까지였다. 동생의 마지막 모습을 보았다는 제보 전화도 왔지만 결정적 증거가 되지는 못했다.

지훈이 실종된 지 일주일이 지나자 사람들은 골든타임을 놓쳤다고 이야기하기 시작했다. 그리고 2주가 지나고 마침내 한 달이 지나자 더 이상 지훈의 사건에 관심을 갖는 사람은 없었다.

수현은 지훈이 가출할 이유가 없다고 확신했다. 그렇기 때문에 어떤 범죄에 휘말렸을 거라 짐작했다. 유일한 가족의 생사도 모르는 고통 속에 수현은 윤 경감을 붙잡고 눈물을 터트렸다.

"학교에 성실히 다니던 학생이 가출을 할 이유가 있나요? 범죄에 연루되었을 수 있다고요!"

"수현아. 네게 이런 말밖에 못해서 미안하지만… 법이 그래."

"법에 문제가 있으면 고쳐져야 하는 거잖아요…"

현실이 너무 답답했다. 얼마 전, 딸이 사라졌다고 지구대를 찾아온 중년 여성이 떠올랐다. 그때는 느끼지 못했던 감정이 수현을 집어삼켰다. 가족이 실종되는 건 남의 일이라고만 생각했다. 막상 당하니 속수무책이었다. 하늘로 솟았는지, 땅으로 꺼졌는지 지훈의 행방이 묘연했다.

지훈이 없어도 아침이 오고, 날이 저물었다. 시간이 흐를수록 찾을 수 있을 거라던 단단한 믿음이 무너져내리기 시작했다. 밤이 되면 잠을 이룰 수가 없었다. 지훈이 어디선가 자신을 찾아올 누나를 기다릴 것 같았다. 결국 수현은 술에 손을 대기 시작했다. 술을 먹지 않으면 잠이 오지 않았다. 다시는 지훈을 못 보게 되어도 좋으니 어디엔가 살아 있기만을 바랐다.

수현은 일상에 복귀해 일을 시작해야 했다. 그러나 일이 손에 잡힐 리가 없었다. 업무를 보다가도 무슨 생각에 빠진 듯 허공을 응시했다. 윤 경감은 그런 수현의 모습을 보고 차마 근무 태만으로 혼을 낼 수가 없었다.

"최 경장, 경찰이나 소방관 같은 공무원들은 국가

에서 심리 치료를 지원해 준다고 하더라고. 한번 받아 봐."

날이 갈수록 수척해지는 수현에게 윤 경감은 국가에서 지원해 주는 심리 치료를 권했다. 수현은 지푸라기라도 잡는 심정으로 상담을 예약했다.

"하나뿐인 가족이 실종되어 극심한 우울증을 앓고 계시네요. 지금 이 감정을 피하지는 마세요. 슬프면 슬퍼하셔도 됩니다. 그러나 과거에 묶여 있지 말고 앞으로 나아가셔야 합니다. 동생분을 잊으라는 건 아닙니다. 감정에 솔직하셔도 됩니다. 우선 규칙적인 생활은 계속하시고, 적정 수면 시간도 지키셔야 합니다. 추가로 취미 활동도 도움이 되고요."

심리 상담은 효과가 있었다. 수현은 힘들지만 일상을 되찾기 시작했다. 밥을 먹고, 영화도 보고, 산책도 했다. 아무것도 안 하고 가만히 있으면 지훈이 떠올라 힘들었다. 부지런히 움직이며 생활 반경을 넓히자 확실히 지훈을 생각하는 시간이 적어졌다.

어느 날 상담사는 수현에게 전시회 티켓을 선물해 주었다.

"윤태건이라고 도자기 개인 전시회 티켓이에요. 아

시죠? 요즘 엄청 유명한 도예가잖아요. 7년 전에 데뷔하고 그 뒤로 작품 활동을 하지 않다가 최근 다시 개인 전시회를 열었더라고요. 한번 가 보세요."

윤태건. 수현은 속으로 그 이름을 되뇌었다. 그의 이름과 얼굴은 신문과 TV를 통해 본 적이 있다. 화려하게 생긴 미남 도예가였다. 예술에 크게 관심 없는 수현도 알 정도니, 인기가 많은 것은 말할 것도 없었다.

전시회 티켓 일정은 돌아오는 토요일이었다. 마침 당직이 아니었던 수현은 상담사의 권유대로 전시회를 보러 갔다. 예술성이 있네, 없네 하며 온라인에서 설전을 벌이는 사람들의 말만 들을 게 아니라 수현의 눈으로 직접 평가를 할 수 있는 기회였다.

한남동에 위치한 갤러리에서 열린 전시회는 이미 많은 사람들이 방문해 북적였다. 갤러리 외벽에는 〈스무 살의 희로애락〉이라는 이번 전시회 제목이 붙어 있었다. 주말이라고는 하지만 이렇게 많은 사람들이 전시회를 보러 왔다는 데에 놀랐다. 언론, 매스컴에서 윤태건의 이야기를 다루는 이유였다.

전시회장에 들어간 수현은 제일 처음 보이는 도자기에서 눈을 떼지 못했다. 이번 전시회의 메인 작품인

백도자기에는 형이상학적인 무늬가 새겨져 있었다. 수현은 도자기 아래 붙은 작품명을 확인했다. 〈스무 살의 희로애락〉. 다시 수현이 넋이 나간 표정으로 도자기를 바라보았다.

조용하던 전시회장이 술렁이기 시작했다. 간간이 '윤태건'이라는 이름이 귀에 들렸다.

"밖에 윤태건 왔대."

"대박! 이번 주에 전시회장 온다고 하더니 오늘이었어?! 빨리 가서 보자!"

주위에 서 있던 관람객들이 전시회장을 빠져나가기 시작했다. 수현은 고개를 돌려 출구를 쳐다보았다. 다른 사람들을 따라 윤태건을 보러 갈지 말지 고민에 빠졌다. 주위에 많았던 사람들이 정리되자 도자기를 관람하기 더 편해졌다. 그저 좀 잘생긴 남자 얼굴을 볼 바에는 편하게 도자기나 감상하는 편이 나았다. 수현은 윤태건의 실물을 보는 것보다 도자기를 감상하는 걸 선택했다. 다시 바라본 도자기는 여전히 아름다웠다.

* * *

시간은 속절없이 흘렀다. 전과 달라진 점이 있다면 실종 사건에 대한 태도였다. 원래 수현은 실종 사건에 크게 신경 쓰지 않았다. 대부분 치매 어르신이나 어린 아동이 실종되었다며 지구대를 찾아왔는데 근처에서 발견되어 귀가하는 일이 많았기 때문이다.

그런데 홍영동에서는 실종 신고 접수 후 돌아오지 않는 사건이 연달아 발생하기 시작했다. 지훈의 사건 이후 몇 개월 사이에 50대 중년 여성과 30대 남자 직장인의 실종 신고가 접수된 것이다. 두 사건의 가족들은 수현처럼 적극적으로 가족을 찾아나섰지만 끝내 찾지 못했다. 실종 사건에 동네 주민들은 불안에 떨었다.

실종 사건이 접수될 때마다 수현은 몰래 전산을 이용해 실종자 핸드폰 위치 추적을 시도했다. 핸드폰이 켜져 있으면 실시간 위치를 확인할 수 있을 텐데 늘 꺼져 있었다. 핸드폰이 마지막으로 꺼진 곳 주위를 수색하고 CCTV를 확인해도 별다른 증거를 찾을 수 없었다. 실종자의 카드를 사용한 것도 아니고 몸값을 요구하지도 않았다. 실종자들은 마치 증발이라도 된 것처럼 시신도 발견되지 않았다. 차라리 시신이 발견되면 수사라도 착수할 수 있지만 이 경우는 경찰이 개입할 여지가 없었다.

그러나 수현은 포기하지 않았다. 홍영동 실종 사건은 범죄 증거를 포착하지 못해 전담 수사팀이 꾸려질 확률이 없었다. 운이 좋아 전담 수사팀이 꾸려진다고 해도 가족이 연루된 수현은 수사 규칙에 의해 팀에 들어가지 못할 것이 분명했다. 마약, 강간 등 다른 강력 범죄와는 다르게 실종 사건이니 흐지부지 종료될 확률도 높았다.

이 사건에 누구보다 진심인 사람은 수현이었다. 홍영동 실종 사건은 범죄와 연관이 있다고 확신했다. 범인도 사람인 이상 실수는 할 것이다. 아주 작은 증거 하나라도 발견할 수 있다면. 수현은 그 기회를 놓치지 않기 위해 촉각을 곤두세웠다.

"저, 아들이 집에 돌아오지 않아서 신고를 하러 왔습니다…"

보고서를 보고 있던 수현이 고개를 들었다. 앞에는 50대 남성이 서 있었다.

3 어리석은 천재 예술가

윤태건에 대해 말하자면, 모든 걸 다 쥐고 태어난 남자. 금수저, 아니 다이아몬드 수저를 물고 태어나 아쉬울 것이 하나도 없었다. 부유한 집안을 등에 업은 태건은 수려한 외모로 사람들의 시선을 사로잡았다. 돈도 많은데 잘생겼다, 한국 사회에서 이보다 더 부러움을 살 일이 또 있을까?

태건은 어려서부터 배우를 해라, 모델을 해야 한다는 이야기를 귀에 못이 박이도록 들었다. 주목받는 걸 좋아하는 태건에게 연예인이라는 직업은 꽤 어울렸다. 그러나 태건의 꿈은 따로 있었다. 바로 아버지를 따라 예술가가 되는 것. 태건의 아버지 윤경원은 한국을 대표하는 도자기 명인이었다. 친교를 맺은 국가의 대통령에게 보낼 도자기를 직접 만들기도 했다.

태건은 아버지를 뛰어넘는 예술가가 되고 싶었다. 부족함 없이 자라 어떤 일이든 자신감이 넘쳤다. 처음 도자기 전시회를 열고 데뷔할 때, 자신의 작품에 세상 모든 사람이 놀랄 거라고 생각했다. 그러나 반응은 엉뚱한 곳에서 터졌다. 작품보다 외모가 더 화제가 된 것이다.

'윤경원의 아들', 그리고 '연예인보다 잘생긴 도예가'. 이것이 태건 앞에 붙는 수식어였다. 인터뷰 때도 마찬가지였다. 도자기에 대해 이야기하고 싶은 태건과 달리 인터뷰어의 관심은 다른 곳에 있었다.

"잘생긴 외모의 비결이 뭔가요?"

"하하. 저는 제가 잘생겼는지 잘 모르겠어요. 제 작품에 더 관심을 가져 주셨으면 합니다."

"예능 방송에서 섭외 요청이 쇄도하는데 출연을 고사하신다고 들었습니다. 예능에서 도예가 윤태건이 아니라 일상을 공개하실 생각은 없으신가요?"

"저는 예술가지 연예인이 아니니까요. 예능에서 잘할 자신도 없고 제가 제일 잘할 수 있는 도예로 대중 여러분을 찾아 뵙고 싶습니다."

이런 태건의 인기를 고깝게 보는 사람들도 있었다. 아버지의 예술성을 전혀 물려받지 못한, 얼굴만 잘생긴 셀럽. 이런 사람들의 인식을 깨고 싶었다. 태건은 집요한 성격이었다. 언론 인터뷰부터 시작해서 평론가의 글, 커뮤니티에 올라온 글까지 자신에 대한 것이라면 닥치는 대로 읽었다.

윤태건의 작품은 정형화되어 있다. 학교에서 배운 듯한 틀에 맞춘 기교. 영혼이 없는 텅 빈 껍데기 같은 작품에서 어떤 감동을 얻을 수 있을까?

태건은 이 글에 집중했다. 정형화된 예술, 영혼이 없는 텅 빈 작품. 한동안 해결법을 찾기 위해 노력했다. 그동안 작품 활동도 하지 않았다. 태건은 갈피를 잡지 못했다.

영혼이 없는 텅 빈 껍데기. 태건은 몇 번이고 이 문장을 읽었다. 그제야 깨달았다. 정답은 바로 이 문장

안에 있다는 것을.

* * *

라디오가 꺼진 차 안은 조용했다. 도윤은 이러한 적막이 오히려 좋았다. 멍하니 물을 바라보는 '물멍', 멍하니 장작불을 바라보는 '불멍'이 있다면 도윤에게는 '운전멍'이 있었다. 길게 뻗은 도로를 멍하니 달리는 게 이보다 좋을 수 없었다.

"일한 지 얼마나 되셨어요?"

'운전멍' 중이던 도윤은 미처 대답할 타이밍을 놓쳤다. 대답하려던 순간, 자신이 대리운전을 하는 중이라는 걸 깨달았다. 지금은 들리지 않는 척을 해야 한다는 것도.

음흉한 인간이네. 도윤은 속으로 태건을 욕했다. 지금 태건은 도윤이 진짜 들리나, 안 들리나 테스트를 한 것이기 때문이다. 도윤은 청각장애인이 아니긴 하지만 이런 식으로 시험에 들게 하는 게 기분이 좋을 리가 없었다. 운전에 집중하면서도 곁눈질로 태건을 살폈다.

쿵! 트렁크에서 소음이 들렸다.

"크, 흠… 큼…"

도윤이 헛기침을 했다. 태건을 곁눈질로 보다가 깜짝 놀라 소리를 지를 뻔한 것을 간신히 헛기침으로 참은 것이다. 도대체 무슨 소리지. 이런 소리가 날 만한 상황을 추측했다. 혹시 운전을 하다가 이상한 걸 밟았나? 아니다, 그러기에는 너무 부드럽게 달리고 있다. 이 정도로 크게 소리 날 무언가를 밟았다면 아무리 승차감이 좋아도 차가 덜컹거리기 마련이었다. 그렇다면 차 내부에 생수 같은 걸 떨어트렸나? 그래서 핸들을 꺾을 때 생수가 어딘가에 부딪히는 소리가 나는 건가? 그러기에는 내부가 깔끔하다. 생수가 굴러다니면 눈에 보여야 하는데 전혀 보이지 않았다.

도윤은 혹시나 차가 고장 난 건 아닌가 싶어 계기판을 보고 바퀴 공기압도 확인했다. 딱히 차에 이상은 없어 보였다. 비싼 차라서 승차감도 좋고, 풀옵션이라 운전하기도 편했다. 원래 운전을 잘하는 도윤이지만 이 차는 자율 주행도 가능한 모델이었다. 그렇다면 도대체 이 소리는 어디서 나는 걸까. 잘못 들은 건 절대 아니었다.

쿵. 쿵.

다시 어디선가 작은 소음이 들렸다. 이번에는 두 번 들렸다. 분명 근처에서 나는 소리다. 운전석이나 조수석처럼 가까운 곳에서 나는 소음은 아니었다. 그렇다고 완전히 차 밖에서 나는 소리도 아니었다. 두 사람밖에 없는 이 차 안에서 왜 이런 소리가 나는 걸까. 도윤은 소리의 근원지가 어디인지 촉각을 곤두세웠다. 곁눈질로 본 태건은 아무 소리도 들리지 않는 듯, 평온한 모습으로 핸드폰을 보고 있었다.

쿵. 쿵. 쿵.

소리가 아까보다 더 커졌다. 수상한 소리에 한 번 신경 쓰자 도윤의 감각이 예민해졌다. 만약 청각장애인인 척을 안 해도 됐다면 벌써 태건에게 이 소리의 정체를 물어봤을 것이다.

"잠시만…"

태건이 드디어 입을 열었다. 그러나 도윤은 안 들리는 척했다. 태건이 태블릿 PC에 글자를 써 주거나 몸을 터치할 때까지는 알아들으면 안 됐다. 앞서 태건이 진짜 청각장애인인지 테스트했을 때부터 도윤은 긴장을 늦추지 않았다.

태건이 가볍게 도윤의 팔을 터치했다. 그리고 입 모양이 보일 수 있게 얼굴을 마주 보고 또박또박 말했다.

"잠시만 갓길에 멈춰 주세요."

도윤은 갓길로 차를 세웠다. 드디어 소음의 정체가 밝혀지는 순간이었다. 조수석에서 내린 태건은 트렁크를 열었다. 도윤은 걱정을 덜고 편한 표정으로 룸미러를 보았다. 그때, 열린 트렁크 틈으로 태건이 공구를 꺼내는 모습이 보인다. 스패너인가. 도윤이 유심히 그 모습을 쳐다보았다. 생수통이 굴러다닌 게 아니라 차가 고장 난 게 맞나? 그렇다면 곧바로 카센터로 가자고 해야지, 굳이 갓길에 정차한 이유를 알 수 없었다.

퍽!

그때 태건이 스패너로 트렁크 안에 실린 무언가를 가격했다. 도윤의 몸이 크게 움찔거렸다. 보통 트렁크 안에 스패너로 후려칠 만한 것을 싣고 다니나? 사이드미러에 붙인 볼록거울로 태건을 쳐다보았다. 트렁크 안에 실린 게 무엇인지는 보이지 않았지만 태건의 모습은 잘 보였다.

퍽! 퍽!

태건은 몇 번 더 트렁크 속 무언가를 스패너로 내려쳤다. 둔탁한 소리가 도윤의 귀에 선명하게 들렸다. 무언가 묵직하고 부피감 있는 것을 내려치는 듯했다. 도윤은 침을 꼴깍 삼켰다. 도대체 트렁크 안에 든 것이 뭐길래 저렇게 내려치는지 갖가지 상상력을 자극했다.

소리만 들리고 보이지 않으니 더 무서웠다. 피가 묻은 자루가 트렁크에 있는 모습이 떠올랐다. 너무 소름이 끼쳐 고개를 흔들었다. 그렇게 몇 번이나 트렁크 안의 무언가를 스패너로 내려친 태건이 트렁크 안으로 스패너를 던졌다. 쾅, 트렁크 문을 닫는 소리에 도윤의 몸이 떨렸다.

"으으…"

트렁크 문이 닫히면서, 사람의 신음 같은 소리가 들렸다. 도윤은 등줄기로 서늘한 땀이 흐르는 걸 느꼈다. 혼란스러웠다. 지금 들은 소리가 진짜 사람의 신음인지, 아니면 극도로 긴장해서 헛소리를 들었는지 판단하기 어려웠다.

태건이 다시 조수석에 올라탔다. 도윤이 천천히 고개를 돌려 쳐다보자 태건이 만족스러운 얼굴로 말했다.

"다 해결했어요. 가죠."

도윤은 다시 운전대를 잡았다. 더 이상 신경을 거스르게 하는 소음은 들리지 않았다. 그렇지만 운전에 집중할 수 없었다. 도대체 트렁크에 있던 건 무엇일까. 도윤은 애써 좋게 생각하려고 노력했다. 그냥 모래 포대 같은 것일 수도 있다. 성격이 안 좋아서 모래 포대를 내려치면서 스트레스를 푸는 사람일 수도 있다. 도윤은 절대, 트렁크에 살아 있는 무언가가 있지 않기를 바랐다.

그러나 태건이 스패너로 내려치고 나서는 더 이상 소음이 들리지 않고 조용해진 것이 도윤을 불안하게 만들었다. 트렁크 안에 있는 것은 적어도 스스로 소음을 만들 수 있는 '살아 있는 생명체'다. 차라리 동물이기를. 평소 동물을 좋아했지만 지금 이 상황에서는 트렁크 안에 있는 것의 정체가 동물이기만을 바랐다. 트렁크 안에 사람이 들어 있는 것보다야 동물이 훨씬 나았다.

도윤은 빨리 이 차에서 내리고 싶었다. 서로의 숨소리가 들릴 정도로 조용한 이 차 안도 소름 끼쳤다. 내비게이션을 확인했다. 목적지에 도착하기까지는 1시간이나 남았다. 불안에 떠는 도윤과는 달리 태건은 여유로웠다. 무언가 기대가 되는 듯, 기분이 좋아 보이기도 했다.

"…려… 요…"

사람 목소리. 도윤은 허리를 곧추세웠다. 무슨 말을 하는지는 알아듣지 못해도 분명 사람 목소리였다.

"살려… 세요…"

도윤은 어금니를 꽉 깨물었다. 마치 확인 사살이라도 하듯이 분명한 사람의 목소리가 들렸다. 그것도 살려 달라는 애원이었다. 도윤은 필사적으로 아무렇지 않은 표정을 지었다. 다른 생각 하지 않고 운전에만 집중하기 위해서 노력했다. 태건이 어떤 표정을 짓고 있는지 궁금했지만 무서워서 확인할 엄두가 나지 않았다. 처음에 봤을 때는 잘생겼다며 몇 번이나 힐끔거렸던 얼굴이 소름 끼쳤다.

"누… 구, 없…"

트렁크 속 사람은 말을 하는 것도 어려운 모양이었다. 꺼져 가는 정신을 붙잡고 어떻게든 구조 요청을 보내고 있었다. 도윤은 차라리 저 사람이 기절하기를 바랐다. 살기 위해서 구해 달라고 하는 것이겠지만, 듣는 입장에서는 무섭기만 했다.

"… 그렇게 해서 들리겠어?"

창밖을 보고 있던 태건이 말했다. 어린아이를 나무라듯, 다정하지만 단호한 말투였다. 도윤은 내색하지 않으며 태건의 목소리에 귀를 기울였다.

"더 크게 외쳐야지. 그래야 들릴 거 아니야."

미친놈. 이거는 진짜 미친놈이다. 악마도 실직할 판이다. 트렁크 속 사람을 조롱하는 태건을 보며 도윤을 혀를 내둘렀다. 이 차는 청각장애인 대리 기사가 운전하고 있다. 제 아무리 트렁크 속에서 소리를 지르고 발악을 해도 그게 들릴 리가 만무했다. 물론, 청각장애인인 척하는 도윤은 이 모든 소리를 듣고 있지만.

슬쩍 자신의 오른쪽 바지 주머니를 내려다봤다. 바지 주머니가 핸드폰 모양으로 불룩 튀어나와 있었다.

학교 다닐 때, 응급 구조에 대한 교양 수업을 들은 적이 있다. 그때 교수는 핸드폰으로 긴급 신고를 할 수 있다고 알려 줬다. 긴급 신고란 말을 할 수 없는 상황에서 핸드폰으로 빠르게 경찰이나 소방관에게 신고하는 기능이다. 교수는 수업을 듣는 모든 학생이 긴급 신고를 할 수 있도록 기능을 설정해 두라고 당부했다. 도윤은 자신의 핸드폰 왼쪽 버튼을 빠르게 네 번 누르면 긴급 신고가 되도록 직접 설정했다. 이 간단한 동작으로 경찰서, 소방서에 자동으로 긴급 문자가 전송될 수 있다. 그때는 귀찮은 걸 시킨다고 생각했는데 이런 상황이 닥치니 긴급 신고 기능을 알려 준 교수가 정말 고마웠다.

지금 바로 버튼을 눌러 신고를 하면, 핸드폰 위치 추적이 될 것이고 이 차에서 벗어날 수 있다. 어쩌면 트렁크 속에 있는 저 사람의 목숨도 구할 수 있을지도 몰랐다. 도윤은 태건의 눈치를 보며 바지 주머니 쪽으로 천천히 손을 내렸다. 핸드폰을 손에 쥐고 왼쪽 버튼을 눌렀다.

한 번, 두 번, 세 번.

마지막 한 번만 더 누르면 되는데 도윤은 손가락을 멈췄다. 지금 뭘 하고 있는지 떠올렸다.

청각장애인 대리 기사. 지금 도윤은 청각장애인도 아니면서 청각장애인 면허증을 소지하고 운전을 하고 있다. 경찰에 신고하고 조사를 받으면 자신이 청각장애인인 척, 신분을 위조했다는 것이 밝혀진다.

금고 이상의 실형을 받고 5년이 지나지 않은 자는 공무원 시험에 응시할 수 없다.

도윤은 행정법을 공부하면서 보았던 공무원 시험 결격사유를 떠올렸다. 만약 실형이 나온다면 감옥에 가야 하고 공무원 시험도 볼 수 없다. 집행유예가 나와도 공무원 시험 결격사유임은 변하지 않았다. 그뿐일까. 범죄 사실이 있으면 취업도 어려울 것이다. 즉, 태건을 신고하면 도윤 또한 처벌을 피할 수 없었다.

여기까지 생각이 미치자 도윤은 신고하는 것이 망설여졌다. 그리고 차분히 생각했다. 태건은 대리운전 예약 앱에서 다른 대리 기사들이 후한 평가를 줬다. 즉 자신의 차를 운전한 청각장애인 대리 기사는 죽이지 않았다는 것이다. 그러니 멀쩡히 살아 돌아와서 평가를 남길 수 있던 것이다.

애초에 앱을 통해 대리 기사를 예약하면 고객의 개인 정보가 남는다. 또한 대리 기사에게 해를 입혔다가는 가장 마지막에 만난 사람이라 용의선상에 오를 것이 분명했다. 바로 옆에 납치범이 앉아 있지만 역설적으로 가장 안전한 사람은 도윤이었다.

도윤은 바지 주머니에서 손을 뺐다. 신고하지 않기로 마음을 먹은 것이다. 트렁크에 있는 사람이야 불쌍하지만 엄연한 남이었다. 이런 상황에서 남을 도울 수 있는 사람이 얼마나 될까.

수상한 납치범을 목적지에 데려다주고, 일상으로 돌아간다. 이것이 도윤의 계획이었다. 핸들을 꽉 잡았다. 핸들을 잡은 손이 땀으로 축축했다.

* * *

"어제 학원에 간다고 나갔는데 아직도 안 들어왔어요. 연락도 되지 않고요."

수현은 눈앞에 있는 중년 남성, 구재동을 보았다. 머리가 희끗한 재동은 슈트를 입고 있어 젠틀해 보였다. 자식이 집에 돌아오지 않자 급하게 지구대에 왔는지 바지춤 속에 정돈되어 있어야 할 와이셔츠 밑단이 삐죽 튀어나왔다. 넥타이를 고정한 넥타이핀도 삐뚤어져 있었다. 평소에 얼마나 깔끔하게 하고 다녔을지 눈에 선했다. 딱, 20대 자식이 있을 법한 나이였다.

"학원 위치가 어디인가요?"

"홍영동입니다."

"혹시 어디 갈 만한 곳이 있을까요?"

"아뇨. 시험이 코앞이라 요즘 공부만 하고 있어요. 학원과 집밖에 모르는 아이입니다."

"연락은 해 보셨나요? 혹시… 핸드폰이 꺼져 있나요?"

"네. 꺼져 있더라고요."

역시나. 홍영동에서 일어나는 실종 사건과 결이 같다. 실종자의 위치를 추적할 수 있는 핸드폰까지 꺼졌다니 찾아내는 건 더 어려워졌다. 어쩌면 지금까지 실종된 사람들처럼 찾지 못할 수도 있다. 수현은 애써 절망한 표정을 재동에게 들키지 않기 위해 고개를 숙였다.

"근데…"

수현이 고개를 들었다. 재동이 안경을 고쳐 쓰며 말했다.

"우리 애는 핸드폰이 두 개거든요. 학원에서 핸드폰을 수거해서 개인 핸드폰을 하나 더 쓰고 있어요."

수현의 눈이 휘둥그레졌다. 그동안 홍영동에서 일

어난 실종 사건과는 다른 국면을 맞이할 수 있다는 기대가 커졌다. 수현은 간절한 목소리로 물었다.

"그 핸드폰은… 켜져 있나요?"

"네. 받지는 않지만 켜져 있어요."

수현의 손이 떨렸다. 어쩌면. 오늘 그놈을 잡을 수 있을 것 같다는 직감이 들었다.

* * *

숨 막힐 정도로 조용한 차 안, 도윤은 제멋대로 쿵쾅거리는 심장을 진정시키기 어려웠다. 바로 옆에 납치범 혹은 살인마를 태우고 있다면 누구나 같은 반응을 보일 것이다.

사람은 왜 납치했을까? 몸값을 요구하려고? 그래서 이렇게 비싼 차를 타고 다니나? 그렇지만 꼬리가 길면 밟힐 텐데… 납치를 해서 저렇게 피떡을 만들어 놓으면 몸값을 제대로 받을 수 있나? 트렁크 속 사람은… 아직 살아 있을까? 목소리가 젊어 보이던데 혹시 미성년자는 아니겠지… 저 사람은 어쩌다가 이런 미친놈을 만나 트렁크 속에 갇혔을까.

도윤이 차량 계기판을 쳐다보았다. 하필이면 기름이 별로 없었다. 목적지까지 가기에는 부족했다. 결국 주유를 해야 했다.

"주유소에 들러서 주유 좀 하겠습니다."

도윤이 오랜만에 입을 열며 태건 쪽을 보았다. 태건과는 이야기도 하고 싶지 않았으나 어쩔 수 없었다. 태건이 고개를 끄덕이자 우습게도 그 모습이 화보의 한 장면 같았다. 잘생긴 사이코패스. 이 얼마나 소설 속에나 있을 법한 설정인가.

제일 가까운 주유소로 들어가자 건물 안에서 쉬고 있던 남자 아르바이트생이 나왔다. 도윤은 운전석 창문을 내렸다.

"안녕하세요. 얼마나 넣어 드릴까요?"

머리를 노랗게 염색한 아르바이트생은 모자를 깊게 눌러쓰고 껄렁대는 목소리로 물었다. 코와 입 밖에 보이지 않지만 고등학생이나 스무 살 정도 되었을 법한 앳된 얼굴이었다. 피어싱을 잔뜩 한 귀에는 블루투스 이어폰을 끼고 있었다. 이런 사람이라면 지금 이 차 안에서 얼마나 무서운 일이 일어나고 있는지 절대 모를 것 같았다.

"5만원어치 넣어 주세요."

조수석에 앉은 태건이 말했다. 차의 시동을 끄자 아르바이트생이 주유구를 열고 주유를 하기 시작했다. 숨 막히는 적막감에 도윤은 주유기 계기판을 쳐다보았다. 주유되는 기름의 리터와 금액이 빠르게 올라가고 있었다.

우웅. 우우우웅…

핸드폰 진동 소리가 들렸다. 도윤은 이 소리가 어디서 나는지 잘 알고 있었다. 트렁크. 이 소리는 트렁크에서 나고 있었다. 자신이 트렁크에 사람을 실은 것도 아닌데 심장이 내려앉는 기분이었다. 아르바이트생이 눈치채는 거 아닐까. 도윤은 사이드미러와 볼록거울로 아르바이트생을 쳐다보았다.

주유하는 모습은 잘 보였으나 모자를 눌러 쓰고 있어서 어떤 표정인지는 보이지 않았다.

쿵!

핸드폰 진동음에 정신을 차린 걸까. 트렁크에서 다시 소음이 들렸다.

두근두근두근두근.

도윤의 심장이 터질 것 같이 뛰었다. 1초가 1분처럼 느껴졌다.

"살… 려… 주세요…"

도윤은 숨소리가 거칠어지지 않기 위해 노력했다. 핸드폰 진동음과 발을 구르는 소리는 넘길 수 있다고 해도 이건 누가 봐도 수상했다. 주유구 쪽에 서서 주유를 하는 사람이, 도윤도 들은 이 소리를 못 들을 것 같지 않았다. 목을 스트레칭하는 척 돌리며 태건을 보았다. 태건 역시 룸미러를 통해 아르바이트생을 주시하고 있었다. 아르바이트생은 아무런 동요 없이 주유를 하고 있었다.

주유가 끝나고 태건은 지갑에서 빳빳한 5만원을 꺼내 운전석 쪽에 서 있는 아르바이트생에게 돈을 건넸다. 돈을 받으러 몸을 가까이한 아르바이트생의 블루투스 이어폰 너머로 시끄러운 노래가 흘러나왔다.

저렇게 시끄럽게 음악을 들으니 안 들렸구나. 도윤은 한숨을 돌렸다. 이 상황에서 아르바이트생에게 트렁크 속 사람을 들키면 도윤 역시 좋을 게 없었다. 태건도 이어폰 너머 들리는 시끄러운 음악 소리에 딱딱하게 굳은 표정을 풀었다. 돈을 받아든 아르바이트생은 도윤에게 생수병과 휴지를 건넸다.

"감사합니다~"

아르바이트생은 아까와 다름없는 목소리로 인사를 했다. 도윤이 시동을 걸고 주유소를 빠져나갔다. 아르바이트생은 두 사람이 탄 차를 쳐다봤다. 차가 도로로 진입하며 시야에서 사라지자 어디론가 급히 전화를 했다.

"저… 수상한 사람을 봤어요."

* * *

"아니, 핸드폰이 켜져 있는데 위치 추적이 안 될 수가 있습니까?"

"네. 스마트폰의 GPS와 와이파이를 통해 위치를 파악하는데 별정 통신사의 경우 정보를 부분적으로 공개하지 않아 위치 추적이 어렵습니다. 게다가 오늘 토요일이잖아요? 아시다시피 별정 통신사는 야간이나 휴일 당직자가 없습니다. 실시간 조회는 어려워요."

"그러면 언제쯤 위치 추적이 가능한가요?"

"일단 별정 통신사 쪽 담당자와 연락이 닿아야 하는데… 시간이 좀 걸릴 것 같습니다."

핸드폰 위치 추적이 되지 않아 전산 오류인 줄 알고 담당 공무원에게 연락을 한 수현은 절망했다. 별정 통신사는 핸드폰 위치 추적이 불가능하다고 얼핏 들은 적이 있긴 하다. 하필이면 지금처럼 중요한 순간에 실종자가 별정 통신사를 사용했다니. 어떻게 이렇게 운이 좋은 범인이 있단 말인가.

"무슨 문제가 있나요?"

수현의 앞에 앉은 재동이 물었다. 핸드폰 위치 추적을 하기 전까지만 해도 아들을 곧 찾을 수 있다는 희망에 가득 찼던 그는 수현의 안 좋은 표정을 보고 걱정스러운 목소리였다. 실종자의 가족을 앞에 두고 부정적인 이야기를 하려니 차마 입이 떨어지지 않았다. 그러나 거짓말을 할 사항은 아니었다. 수현은 힘들게 입을 열었다.

"별정 통신사라서 위치 추적이 안 된다고 하네요."

"아… 핸드폰이 두 개라서 하나는 알뜰폰으로 개통했는데… 알뜰폰은 위치 추적이 안 되나요?"

하필이면 일반 통신사의 핸드폰이 꺼졌다니. 수현

도 아쉬운 마음이 컸다. 핸드폰 위치 추적만 제대로 된다면 범인을 잡는 데 큰 도움이 되기 때문이다.

그때 지구대로 전화가 걸려왔다. 민원인을 상대중인 수현 대신 바로 옆에 앉은 후배 세훈이 전화를 받았다.

“네. 홍영지구대입니다. 네. 주유소에서 수상한 사람을 보았다고요? 선생님은 안전하신 거죠? 주유소 위치가 어디죠? 홍영동이요. 네.”

세훈의 통화 소리는 수현의 귀에까지 들렸다. 홍영동의 주유소에서 수상한 사람을 목격했다는 신고가 들어왔다니, 무언가 이상한 낌새가 느껴졌다. 수현은 통화 중인 세훈의 팔을 가볍게 쳤다. 세훈이 고개를 돌리자 수현은 자신을 손으로 가리키며 ‘전화 돌려’라고 입 모양을 벙긋거렸다.

“잠시만요. 담당자 다시 연결해 드리겠습니다.”

세훈이 전화를 돌리자 수현이 곧바로 받았다.

“네, 전화받았습니다.”

“제가 주유소에서 알바를 하는데 수상한 사람을 봤어요!”

“어떤 사람이죠?”

"트렁크에서 사람 목소리가 들리더라고요! 제 귀로 똑똑히 들었어요."

"…사람이요?"

수현의 눈이 커졌다. 실종 신고를 접수하고 있는 와중에 트렁크에 사람을 싣고 다니는 사람이 있다는 신고를 받았다. 이 두 가지가 개별 사건이 아닐 수 있다는 직감이 들었다.

"네. 처음에는 쿵쿵거리는 소리가 나서 뭔가 했거든요. 근데 트렁크 속에서 살려 달라는 목소리가 들리더라고요. 납치범인지, 살인범인지…"

"혹시 CCTV에 차량 번호가 찍혔을까요?"

수현은 기대를 담아 물었다. 혹시 아주 작은 단서라도 얻을 수 있다면.

"아뇨. 뒤가 구린 놈인지 번호판에 뭐가 묻어 있어서 안 보였어요. 이거 벌금 물어야 하는 거 맞죠?!"

"아. 네네. 혹시 주유비 계산은 뭘로 했나요?"

제발 카드로 했길. 범인이 자신의 신상이 노출되는 카드를 쓸 리가 없다는 건 잘 알고 있었다. 지금까지 홍영동에서 일어난 실종 사건에서 실종자의 카드를 사용한 내역이 전혀 없었다. 그러나 수현은 지푸라기라도 잡고 싶었다.

"현금으로요."

"아… 그럼 차종은 뭐였죠?"

"X90 흰색 풀옵이요."

"혹시 그 외에… 범인의 특징이… 아니, 제가 직접 그곳으로 가겠습니다. 아르바이트 몇 시까지 하세요?"

수현은 아르바이트생에게 몇 가지 더 묻고 전화를 끊었다. 일단 차종은 확인했다. 우선 신고를 받은 주유소로 가 보기로 했다. 혹시 아르바이트생이 미처 못 본 증거가 있을 수 있었다. 주유소로 가기 전 홍영동 근처 검문소에 해당 차량을 보면 통제하라고 수사 협조 요청도 해야 했다.

"세훈아, 홍영동 주위 검문소에 연락 돌려. X90 흰색 차량 오면 무조건 트렁크 검사하라고."

"네. 바로 전화하겠습니다."

수현은 앞에 앉은 재동을 쳐다보았다. 재동은 수현이 현장으로 가야 한다는 것을 눈치챈 듯 보였다.

"선생님. 제가 지금 현장에 가 봐야 해서요. 우선 여기 경찰분께 가출 신고서부터 제출해 주세요."

"그럼… 저는 무엇을 하고 있어야 하나요?"

재동이 되물었다. 수현은 마음이 착잡했다. 실종된 가족을 찾으려는 사람들이 많이 하는 말이었다. 안타깝게도 개인이 할 수 있는 건 한계가 있었다. 그러나 가만히 경찰만 기다리는 사람은 없었다.

"주위에 전단도 좀 붙여 주시고 마지막 만난 친구들에게 이야기를 들어 보셔도 좋습니다."

"좀 더 구체적으로… 아이를 찾을 수 있는 방법이 없을까요?"

수현은 수척해 보이는 재동의 얼굴을 내려다보았다. 부드럽다기보다는 날카로운 인상을 가진 남자였다. 목소리톤도 낮고 차가운 걸로 보아 평소에 아들에게 그렇게 살갑게 대하지는 못했을 것 같았다. 물론, 아들을 사랑하지 않아서가 아니라 표현을 제대로 못해서 말이다.

예전의 수현은 실종 신고를 하러 온 민원인에게 이렇게 신경 쓰는 편이 아니었다. 실종 신고뿐만 아니라 처리해야 할 다른 사건도 많아 가출 신고서만 받고 돌려보낸 적도 많았다. 그랬던 수현이 지훈이 실종되고 나서야 실종자 가족들의 마음을 헤아리게 되었다.

홍영동에서 일어나는 실종 사건을 자신의 손으로

마무리 짓고 싶었다. 그리고 잘만 하면 오늘 이 사건의 실마리를 풀 수 있을 것 같다는 생각이 들었다.

수현은 재동에게 결의에 찬 목소리로 말했다.

"제가 연락드리겠습니다. 꼭 아드님과 다시 만날 수 있게 하겠습니다."

4 고요 속 아우성

주유소를 빠져나간 도윤은 운전에만 집중하기 위해 노력했다. 그러나 간헐적으로 들리는 소리는 정신을 흐트러트렸다.

"흐윽… 도와… 주…"

아까까지만 해도 더 큰 소리를 내며 트렁크 속에서 존재감을 드러내던 사람의 소리는 점점 작아졌다. 시간이 흘러 힘이 빠졌는지, 아니면 죽어 가는 중인지 둘 중 하나였다.

도윤은 생명의 불씨가 꺼져 가는 소리를 애써 외면하며 무시하려고 노력했다.

나와는 상관없는 사람이다, 나와는 상관없는 사

람이다. 이렇게 스스로를 세뇌하지 않고서는 맨정신으로 운전할 수 없었다.

눈앞에 검문소가 보였다. 경찰 두 명이 검문소에서서 도윤과 태건이 탄 차를 보고 있었다. 하필이면 이럴 때 검문소까지 지나가다니, 도윤은 긴장되기 시작했다. 이렇게 긴장되는 이유는 트렁크 속 사람도 문제지만, 청각장애인 면허증을 제시해야 하기 때문이다.

도윤은 아르바이트를 할 때에는 청각장애인 면허증을 소지했다. 도윤보다 두 살 많은, 비슷하게 생긴 청각장애인의 면허증이었다. 신분 확인을 요청하면 신분증을 보여 줄 수밖에 없었다. 어차피 음주 운전을 하거나 범죄행위를 한 것도 아니니 너무 걱정할 필요는 없었다. 면허증과 운전자의 얼굴만 확인하고 금방 끝날 일이었다. 트렁크 속에 사람이 갇혀 있다는 걸 들키지만 않는다면.

차가 검문소 앞에 멈췄다. 도윤이 최대한 아무렇지 않는 얼굴로 운전석 창문을 내렸다. 20대 중반의 어린 얼굴을 하고 있는 경찰의 이름은 양권욱이었다. 아직 발령난 지 1년도 안 된 신입으로 FM의 정석이었다. 권욱은 자신을 올려다보는 도윤에게 인사를 했다.

"실례합니다. 면허증 한 번 보여 주시겠습니까."

권욱의 말에 도윤은 최대한 자연스럽게 주머니 속 지갑에서 운전 면허증을 꺼냈다. 권욱은 도윤의 면허증을 확인했다. 청각장애인의 운전 면허증은 비장애인의 면허증과 다르다. 면허증 갱신 기간 아래에 '조건'이라는 항목이 추가되어 있다. 조건에는 자동변속기부터 의족, 의수, 보청기 등 장애의 종류별로 필요한 보조 도구가 적혀 있다.

도윤이 내민 운전 면허증에는 E(청각장애인 표지 및 볼록거울 사용 조건 부과)가 적혀 있다.

"청각장애인이시네요."

"네."

"혹시 제 목소리 들리세요? 옆에 분께 이야기를 해야 하나요?"

권욱이 조수석에 앉은 태건을 보며 말했다. 도윤이 권욱의 시선을 따라 태건을 쳐다보자 역시나 표정이 좋지 않다. 갑작스러운 경찰의 검문이 반가울 리가 없었다. 게다가 트렁크에는 경찰에게 절대 들키면 안 되는 것이 실려 있지 않은가.

태건이 입을 열기 전 도윤이 먼저 말했다.

"들리지는 않지만 입 모양으로 읽을 수 있습니다. 무슨 일이시죠?"

"신고가 들어온 사항이 있어서 잠시 트렁크 좀 확인해 보겠습니다."

헉. 도윤이 숨을 크게 들이마셨다. 신고가 들어왔다고? 어떤 신고? 트렁크를 열어 보겠다고? 도윤이 생각을 정리하는 것보다 권욱이 트렁크 쪽으로 움직이는 것이 빨랐다.

"트렁크 좀 열어 주십시오."

트렁크 쪽에서 들리는 권욱의 목소리에도 도윤은 못 들은 척하고 트렁크를 열지 않았다. 이제 다 끝났다. 도윤은 방금 경찰 심문에서 청각장애인 운전 면허증을 내밀었으니 처벌을 면치 못할 것이다. '돈을 벌기 위해 청각장애인인 척 대리운전을 한 공시생, 실형' 같은 뉴스가 떠올랐다. 지금까지 두려운 걸 참으면서 운전한 것이 모두 물거품이 되었다.

권욱이 다시 운전석 쪽으로 걸어왔다. 뒤에서 핸드폰을 보고 있던 40대 후반으로 보이는 경찰도 운전석으로 다가왔다. 그의 이름은 박영훈, 권욱과 같은 지구대 소속으로 2계급 높은 경찰이었다.

"무슨 일 있으십니까?"

영훈이 도윤을 보며 물었다. 도윤이 입을 열기 전에 영훈이 조수석에 앉은 태건을 봤다. 그리고 믿을 수 없다는 목소리로 말했다.

"어! 윤태건 도예가님이시죠?"

영훈의 아는 체에 권욱도 태건의 얼굴을 확인했다. 태건이 고개를 돌려 자신을 쳐다보는 영훈, 권욱과 눈을 마주쳤다.

"네, 맞습니다만…"

"와~ 여기서 이런 유명한 분을 다 뵙네요. 제가 진짜 팬이거든요. 전시회도 매번 잘 보고 있어요!"

영훈이 호들갑을 떨며 말했다. 도윤은 고개를 돌려 태건을 쳐다보았다. 도윤은 태건이 도예가라는 사실을 꿈에도 몰랐다. 윤태건, 이름은 들어 봤다. 온라인 뉴스와 커뮤니티를 통해 태건의 소식을 접했었다. '미남 도예가'라고 찬양하는 댓글을 본 기억도 났다. 예술 쪽에 관심이 없던 터라 크게 찾아보지는 않았지만 말이다.

그렇게 유명한 도예가가 납치범이라고? 도윤은 이유를 알 수 없었다. 잘생기고 유명한데다가 돈도 많은 도예가가 무엇이 아쉬워서 사람을 납치한단 말인가.

굳어 있던 태건의 얼굴이 영훈의 말에 금세 풀어졌다. 언제 그런 표정을 지었냐는 듯이 말이다.

"제 팬이시군요. 작품에 관심을 가져 주셔서 감사합니다."

"작업실이 이곳 근처죠? 이렇게 만날 줄은 꿈에도 몰랐네요."

"네, 맞습니다. 여기서 멀지 않은 곳에 있어요. 근데 무슨 일이 있나요?"

태건이 영훈에게 물었다. 영훈은 태건의 질문에 의심 없이 술술 대답했다.

"아~ 여기 근처 주유소에서 신고가 들어와서요. 글쎄 트렁크에 사람을 싣고 가는 차가 있다고 하지 뭡니까."

주유소 아르바이트생이 트렁크 속 소리를 듣고 경찰에 신고했구나! 영훈의 말에 도윤의 심장이 마치 100미터 달리기라도 한 듯 세차게 뛰었다. 그 소리가 너무 커서 바로 옆에 앉아 있는 태건의 귀에도 들릴까 두려울 정도였다.

"트렁크에 사람이 있다고요?"

태건이 마치 처음 듣는 듯한, 놀랐다는 목소리로

말했다. 누가 봐도 자연스러운 반응이었지만 연기를 하고 있다는 걸 아는 도윤은 가증스럽게 느껴졌다.

"마침 또 그 차가 흰색 세단이라서요. 딱 도예가님과 같은 차량이에요."

"그래요?"

"네. 잠시만 트렁크 좀 확인해 보겠습니다. 죄송합니다, 저희도 위에서 내려온 지시라서 어쩔 수가 없네요."

"흐음…"

영훈이 태건에게 양해를 구했다. 잠시 시간을 벌었으나 트렁크를 열어야 한다는 건 변함이 없었다. 도윤은 머릿속에 갖가지 생각이 들었다. 경찰 조사를 받으면 트렁크 쪽 소리를 아예 못 들었다고 진술해야 할까.

권욱이 다시 트렁크를 열기 위해 차 뒤편으로 걸어갔다. 핸들을 잡은 도윤의 손이 가늘게 떨렸다. 그때 태건이 다시 입을 열었다.

"제가 곧 작품 발표를 하거든요."

"오! 아직 다음 전시회 기사는 못 봤는데… 이번 작품도 기대가 많이 되네요."

태건의 말에 영훈이 기대되는 목소리로 대답했다.

태건의 다음 전시회 일정은 아직 기사로 밝혀진 적이 없는 고급 정보였다. 다른 사람들은 모르는 걸 알게 된 영훈의 눈이 빛났다. 태건은 영훈이 반색하는 걸 보고 부드럽게 말을 이었다.

"감사합니다, 근데 그 작품을 지금 트렁크에 넣어 둔 상태라서요."

"그렇습니까?"

"네. 아직 공개되지 않아야 하거든요. 아시다시피 예술 하는 사람들이 이런 거에 예민하잖아요. 아직 완성되지 않은, 부족한 작품을 공개하고 싶지 않습니다. 제 팬이라고 하셨으니 제 마음 이해하시죠?"

"아… 그러실 수도 있겠네요."

태건의 말에 영훈은 이해한다는 듯 말했다. 도윤은 이 상황을 그저 지켜만 볼 뿐이었다. 꼼짝없이 트렁크를 확인하고 사달이 날 줄만 알았다. 그런데 지금 돌아가는 상황을 보니 잘만 하면 빠져나갈 수 있을 것 같았다. 그리고 태건 역시 이 기회를 놓칠 리가 없었다. 태건이 웃으며 말했다.

"네. 설마 제가 트렁크에 사람이나 싣고 다니겠습니까? 안 그래요?"

"하하. 맞죠. 도예가님이 그러실 리가 없죠."

도윤은 다시 한 번 직업의 중요성을 느꼈다. 일반인이었다면 꼼짝없이 트렁크를 열었어야 했을 텐데 유명인이라고 이렇게 피해 나갈 구멍이 생긴 것이다.

"제 팬이시니까 더 잘 아시겠네요. 제가 작품을 공개하기 전에는 두문불출하거든요."

"그럼요, 당연히 알죠."

"그러니 트렁크 검사는 안 했으면 좋겠어요. 괜찮죠?"

태건이 듣기 좋은 목소리로 말했다. 아직 태건의 꾀임에 100퍼센트 넘어간 건 아닌지, 영훈이 곤란한 표정을 지어 보였다. 이를 눈치챈 태건이 더 강력한 미끼를 꺼내 들었다.

"이번에 제가 전시회 하면 티켓도 보내 드릴게요. 이렇게 열심히 일하시는데 제가 미처 몰랐네요. 앞으로는 자주 뵈어요. 다음에 기회 되면 식사라도 대접하겠습니다."

태건은 영훈의 마음을 흔들 만한 이야기를 건넸다. 도윤은 태건의 처세술에 혀를 찼다. 팬이라고 자처한 사람에게 앞으로 친하게 지내자면서 식사도 대접하겠다는데 싫어할 리가 없었다. 역시나 영훈이 얼굴에 환한 미소를 띠고 말했다.

"아아, 너무 영광이죠. 네, 작품 활동하시는 데 해를 끼치면 안 되죠. 트렁크 검사는 하지 않겠습니다. 양순경! 트렁크 검사는 안 해도 돼."

"네? 그래도 지시가 내려왔지 않습니까…"

"내가 이분의 신분은 보장한다니까 그래."

영훈이 권욱에게 단호하게 이야기했다. 원래대로라면 권욱의 말처럼 누구라도 트렁크 속을 검사하는 게 맞았다. 그러나 말단 경찰인 권욱은 자신보다 2계급 더 높은 영훈의 말을 거역할 수 없었다. 윗선의 지시도 중요하지만 경찰 내부 계급도 권욱에게는 지켜야 할 것 중 하나였다. 게다가 지구대 내부 경찰 서열이 얼마나 엄격한지 지난 1년을 통해 충분히 배웠다. 즉 여기서 FM으로 굴어 봤자 영훈에게 깨질 것이 분명했다. 결국 권욱이 트렁크에서 손을 떼고 원위치로 돌아갔다.

자기 옆에 와서 선 권욱을 흐뭇하게 바라본 영훈은 지갑에서 명함을 꺼내 태건에게 건넸다.

"여기 제 명함입니다."

태건은 명함을 보았다. 명함에는 '박영훈'이라는

이름이 쓰여 있었다. 태건은 그 이름을 엄지로 한 번 쓸어 보았다.

"박영훈 경사님, 감사합니다. 제가 명함을 두고 와서요. 이 번호로 연락드리겠습니다."

"다음 작품 기대하고 있겠습니다."

"네, 그럼 수고하세요."

영훈이 태건에게 인사를 했다. 도윤이 다시 운전을 시작했다. 멀어져 가는 차를 보던 권욱이 혼잣말을 했다.

"번호판이 더러워서 안 보이네… 일부러 저런 거 아닌가."

권욱은 영훈을 쳐다보았다. 영훈은 유명 연예인을 만난 팬이라도 되는 듯 황홀한 표정을 짓고 있었다.

"야, 봤냐? 내 이름을 불렀어."

권욱은 더 이상 어떤 말도 하지 않기로 했다. 어차피 해 봤자 눈에 콩깍지가 씌어서 듣지도 않을 것이 분명했다. 그 뒤로 한동안 영훈에게 태건에 대한 이야기를 들어야 했다.

* * *

"CCTV는 이것밖에 없나요?"

수현이 동명주유소 CCTV를 확인하며 아르바이트생에게 물었다. 주유소에 설치된 CCTV는 총 네 대였다. 한 대는 실내 카메라였고, 나머지 세 대가 외부 카메라였다. 원래는 사각지대 없이 설치되었으나 한 대가 고장 나 사각지대가 생기고 말았다. 그리고 그 사각지대는 해당 차량이 서 있던 곳과 제일 근접한 위치였다.

"네. 하필이면 2번 CCTV가 고장 났거든요."

아르바이트생인 동민이 안타깝다는 듯이 말했다. CCTV에 잡힌 것은 주유소에 들어오는 차의 모습, 그리고 정차중인 차의 옆모습 정도였다. X90은 많이 타는 차였다. 차량 번호판이라도 일부분 찍혔으면 도움이 될 텐데 그것도 없었다. 홍영동의 X90 오너를 모두 조회하려면 시간이 꽤 걸릴 터였다.

"그때 상황 좀 설명해 주시겠어요?"

"처음에는 그냥 손님인 줄 알았어요. 근데 제가 주유를 하는데 쿵, 하는 소리가 들리는 거예요. 그래서 뭐지 시발, 아 죄송해요. 저도 모르게 욕을… 아무튼 무슨 소리가 들리는 것 같아서 집중을 했는데 트렁크에서 살려 달라는 목소리가 들리는 거예요! 진짜 존나 놀랐어요. 근데 제가 아는 척했다가 해코지할까 봐 모른 척했죠. 혹시 몰라 노랫소리도 최고로 올렸어요. 제가 못 들었다는 알리바이를 만들려고… 그 짧은 시간에 신중한 판단을 한 거죠!"

동민이 신나서 목격담을 털어놓았다. 수현은 작은 수첩에 동민의 증언을 적었다.

"혹시 그 외에 이상한 건 없었나요?"

"전화로 말씀드린 대로 번호판이 더러워서 안 보이더라고요."

"혹시 어떤 식으로 더러웠나요?"

"진흙 같은 거요. 비도 안 왔는데 그런 흙이 묻을 데가 어디 있겠어요. 그런 차를 몰고 갯벌에 들어가는 것도 아닐 텐데. 지금 보니까 일부러 번호판을 더럽힌 것 같아요. 범죄자니까 추적당하지 않으려고 말이죠!"

동민이 추리를 하듯 소리쳤다. 수현은 적당히 맞장구를 쳐 줬다. 최대한 많은 이야기를 듣고 증거를 수집해야 했기 때문이다.

"그렇게 생각하시는군요. 혹시 그 사람들 얼굴 기억나요?"

수현의 질문에 동민은 그때를 떠올리는 듯 턱을 만지며 위를 쳐다보았다.

"운전하는 사람은 평범했어요. 대학생 정도 됐으려나? 운전석에 앉은 거 보면 차 주인이겠죠? 그렇게 비싼 차를 탈 것처럼 생기진 않았어요… 그리고 조수석에 앉은 남자는…"

"네."

"…잘생겼어요."

동민의 두루뭉술한 외모 묘사에 수현은 다시 물었다. 최대한 자세히 외모에 대해 이야기를 해 줘야 추후 몽타주를 그릴 때 도움이 될 수 있다. 기억이라는 게 시간이 지나면 지날수록 흐릿해지기 때문에 빠른 시간에 기억을 되짚어 생각해 내야 했다.

"그렇게 잘생겼다, 평범했다는 표현 대신에 안경을 썼으면 안경을 썼다던가… 특징을 잡아서 이야기해 줄 수 있어요?"

"둘 다 안경은 안 썼고요. 운전석에 앉은 사람은 피부가 좀 하얗고 몸이 마른 편이었고요. 조수석에 앉은 남자는 딱 봐도 운동 좀 한 사람 같더라고요. 그리고 부드러운 느낌으로 잘생겼어요. 턱도 갸름하고 눈썹도 진해서 샤프해 보였고요. 나이는 서른 살? 30대 초반 정도로 보였어요."

"두 사람이 친해 보였나요? 혹시 한 명이 지나치게 겁에 질려 있다거나 하지는 않았어요?"

"글쎄요… 둘이 이야기하는 건 못 들었는데… 근데 수상해 보이지는 않았어요."

수현은 동민의 말을 정리해 수첩에 적었다. X90 흰색 차량을 탄 20대, 30대 젊은 남자라. 공범의 가능성도 있는 것이다. 혹은 운전자가 조수석에 있는 사람도 납치하려는 것일 수도 있고.

수현은 다시 CCTV를 확인했다. CCTV의 화질은 썩 좋지 않았지만 X90이라는 차량 모델을 짐작할 수 있을 정도였다. 셀프 주유소라서 누구 한 명이라도 내린 모습이 찍혔다면 좋았을 테지만 아무도 차에서 내리지 않았다. 즉, 동민의 증언에만 기대어 수사해야 한다는 것이다.

"성평대로로 나갔군…"

수현은 CCTV에 잡힌 마지막 행적에 집중했다.

성평대로에 진입하기 위해서는 성평검문소를 지나야만 했다. 어쩌면 검문소를 통해 큰 단서를 얻을 수 있는 기회였다. 핸드폰을 꺼내 지구대에 있는 세훈에게 전화를 걸었다.

"네, 선배님."

"세훈아. 지금 바로 성평대로 방향 검문소에 있는 담당자 전화번호 좀 찾아서 알려 줘."

"바로 찾아서 메시지로 보내 드리겠습니다."

세훈과 통화를 마치자 곧 수현의 핸드폰으로 메시지가 도착했다. 수현은 메시지 속 번호로 전화를 걸었다.

"네, 박영훈 경사입니다."

"고생 많으십니다. 홍영지구대 최수현 경장입니다. 검문소에 X90 흰색 차량 지나가지 않았습니까?"

"지나가긴 했는데… 수상한 차는 아니었습니다."

"트렁크에 아무것도 없었다는 거죠?"

수현의 질문에 영훈은 곧바로 대답을 못하고 머뭇거렸다. 수현은 이상한 낌새를 눈치채고 다시 물었다.

"다시 한 번 여쭤봅니다, 트렁크에 아무것도 없는 것을 확인하셨죠?"

"X90 차량은 한 대 지나갔는데… 확인은 따로 하지 않았습니다."

"그게 무슨 말씀이죠? 분명 X90 흰색 차량은 모두 트렁크 검사를 해 달라고 협조 요청을 드리지 않았습니까."

"그게… 유명한 사람이라서 그랬습니다."

영훈의 대답에 수현은 기가 찼다. 협조 요청을 했으니 그게 누구라도 트렁크를 검사를 하는 게 맞았다. 게다가 성평검문소는 신고를 받은 동명주유소에서 제일 가까운 검문소였다. 그런데도 이렇게 허술하게 행동하다니.

"제가 지금 제대로 들은 게 맞습니까? 유명한 사람이라서 트렁크 검사를 안 했다고요?"

"하지만 그분은 정말 이상한 짓을 할 분이 아니었습니다."

"그게 누구입니까?"

"윤태건 도예가입니다. 혹시 아시는지요."

영훈의 말에 수현은 할 말을 잃었다. 유명한 도예가라고 트렁크 검사를 하지 않았다는 것은 말도 안 되는 소리였다.

"트렁크 검사를 왜 안 하셨습니까? 시간이 얼마 걸리지도 않는데 말이죠."

"곧 전시회에서 공개할 작품이 있다고 했습니다."

"작품이요? 그게 트렁크 검사를 못하는 이유가 됩니까?"

"예술가들은 원래 미완성된 작품을 아무한테나 공개하지 않는,"

"그게 말이 됩니까?!"

수현이 참지 못하고 소리를 질렀다. 전화기 건너로 아무런 소리가 들리지 않았다. 수현은 진정이 되지 않았다. 도대체 어떻게 된 일인지 이리저리 수사망을 피해 나가고 있었다. 다 잡은 것 같다가도 미꾸라지처럼 빠져나갔다.

"윤태건, 윤태건이라고 하셨죠. 검문소 통과한 지 얼마나 됐습니까?"

"한 20분 정도 된 것 같습니다. 운전은 윤태건 씨가 하지 않았습니다."

"혹시 20대 초반의 대학생 같은 남자였나요?"

"네."

"둘이 무슨 사이 같아 보였습니까?"

"글쎄요… 딱히 서로 이야기하지는 않아서…"

"신분증은 확인하셨어요?"

"아, 그거는 양 순경이 했습니다. 전화 바꿔 드릴게요."

수현은 눈이 번쩍 뜨였다. 신분증만 있다면 신원 조회는 금방이었다. 신원 조회를 하고 차량 조회를 하면 톨게이트를 지나간 내역을 찾아서 특정할 수 있었다. 물론 개인 정보를 기억하고 있다면 말이다.

"안녕하십니까. 성평 소속 양권욱 순경입니다."

"안녕하세요, 최수현 경장입니다. 신분증 검사를 하셨다고요?"

"네. 운전자 신분증을 확인했습니다."

"혹시 이름이나 생년월일 중 기억나는 거 있습니까?"

수현의 질문에 권욱이 생각을 떠올리는 듯 잠시 침묵했다.

"우선 청각장애인이었던 게 기억이 납니다. 장애인들은 운전 면허증에 보조 도구 등이 적혀 있어서 알아챌 수 있습니다."

"그리고요?"

"이름이… 한민오… 한민욱? 이런 이름이었던 것 같습니다. 나이는… 199X년, 26세요. 나이보다 어려 보이는 얼굴이었습니다. 저와 동갑이어서 기억이 납니다."

청각장애인. 나이는 26세. 이름은 한민X. 이 세 가지 정보는 큰 수확이었다. 이 청각장애인은 어떻게 태건을 알게 되었을까? 두 사람은 같이 어디로 가고 있던 것일까.

"그리고 차량 번호판이 진흙 같은 것으로 더러워져 있었습니다."

"번호 식별이 불가능하게 말이죠."

"네. 맞습니다."

"네, 알겠습니다. 말씀해 주셔서 감사합니다. 수고하세요."

수현이 전화를 끊었다. 머릿속이 복잡했다. 범인이 청각장애인이라고? 장애인이 비장애인을 납치하는 게 과연 쉬운 일일까. 태건은 왜 그 사람 차에 탔을까. 태건도 납치당하기 직전의 급박한 상황이었을까.

수현은 다시 세훈에게 전화를 걸었다.

"26세, 청각장애인이고 한민오, 한민욱… 마지막

한 자는 그 비슷한 걸로 남자 신원 조회해 봐."

"무슨 일이십니까?"

"주유소에서 신고한 차량을 운전하는 사람이야. 범죄에 연루되었을 가능성이 높으니 빨리 알아봐."

"알겠습니다. 지금 바로 조회해 보겠습니다."

세훈이 전산에 해당 정보를 넣고 검색했다. 청각장애인에다가 26세라는 나이, 이름 앞 두 글자까지 넣고 필터를 적용하니 약 열 명의 개인 정보가 나왔다.

"열 명의 정보가 나옵니다."

열 명. 생각보다 많았다. 수현은 어떻게 효과적으로 줄일지 고민했다.

"아. 그중에서 운전 면허증 있는 사람만."

"그러면… 세 명 남습니다. 한민우. 한민옥. 한민후."

청각장애인 중 운전 면허증을 취득한 사람은 몇 안 됐다. 조회된 사람이 세 명이면 할 만하다. 수현은 수사의 방향이 보이는 듯싶었다. 우선 위치 추적으로 현재 위치를 확인하면 누가 태건과 움직이는지 알 수 있다. 신고가 들어온 차니 확인을 해야 할 의무가 있었다.

"그 사람들 위치 추적해 봐."

"주유소 아르바이트생 말만 듣고 이렇게 조회해도 됩니까? 요즘 개인 정보 보호법이 강화돼서 함부로 조회하지 말라고 공문도 내려오지 않았습니까."

"검문소에서 신분 확인했대. 어쨌든 신고가 들어왔으니 확인해야지. 빨리 조회해 봐."

"네. 알겠습니다."

주유소 아르바이트생의 말을 다 믿을 수는 없다. 의외로 장난 전화나 있지도 않은 일을 신고하는 이상한 사람들이 많기 때문이다. 그러나 수현은 믿어 보기로 했다. 사건이 묘하게 이어지고 있었다. 이 사건의 끝에 서 있는 사람은 누굴까.

"우선 한민옥은… 해외여행을 갔네요. 사흘 전 베트남 출국 기록이 나와요."

"아… 그래. 그럼 나머지 둘은?"

"한민후는 지금 부산 서면에 있고요. 한민우는… 소삼동 스마트포레로 나옵니다."

"소삼동? 서울 남부 쪽 말하는 거지?"

"네. 맞습니다."

"홍영동하고 가까운 곳이네. 주민등록 주소와 현재 위치가 일치해?"

"네. 본인이 거주하는 집으로 나옵니다."

한 사람은 해외, 그다음 사람은 부산, 마지막으로는 소삼동에 있다. 소삼동은 홍영동보다 남쪽에 위치한 곳으로 검문소에서 멀리 떨어지지 않은 곳이다. 즉 금방 검문소를 지나 도착할 수 있는 시간과 위치, 둘 다 충족시키는 곳이다.

"한민우 주소 보내 줘. 내가 지금 가 볼 테니까."

"선배님 혼자서요?"

"내가 제일 가까워. 금방 가."

"그래도 지원받으시는 게…"

"지원이 나오겠냐? 지금 증거라고는 주유소 아르바이트생이 신고한 게 전부인데. 수상하면 바로 지원 요청할게."

"네. 꼭 연락주세요."

"아, 그리고 실종자 핸드폰은 아직 위치 추적 안 됐지? 되면 바로 알려 주고. 실종자가 전화를 못 받는 상황일 수도 있으니까 문자도 보내 둬. 문자는 눈을 피해서 볼 수도 있잖아."

"네. 알겠습니다."

세훈과의 전화를 끊은 수현은 곧바로 차에 탔다.

내비게이션에 나온 한민우의 집까지 5분 거리였다. 수현의 눈이 빛났다.

* * *

도윤은 내비게이션을 확인했다. 목적지까지 남은 시간 9분. 목적지인 태건의 작업실에 거의 다 온 상태였다. 이제 9분 뒤면 이 소름 끼치는 차에서 내릴 수 있다. 그것만으로도 힘이 나는 것 같았다.

교차로 앞에서 신호를 기다리는 동안 도윤의 핸드폰이 진동했다. 손목시계를 확인하니 약을 먹을 시간이었다. 평소 여러 가지 영양제를 먹는 도윤은 잊어버리지 않게 알람을 설정해 두고 먹었다. 알람을 끄기 위해 도윤은 핸드폰을 꺼냈다. 주머니 속에 넣어 둔 핸드폰에 아무렇게나 문자가 찍혀 전송되고 있었다.

우웅.

트렁크 속에서 핸드폰이 짧게 울렸다. 도윤은 핸드폰을 확인했다. 도윤은 '(@&#☆' 따위의 문자를 규혁에게 전송한 상태였다. 우연의 일치일까. 도윤은 다시 한 번 규혁에게 'ㅁ' 하나만 넣은 메시지를 전송했다.

우웅. 다시 트렁크 속에서 핸드폰 진동 소리가 들렸다. 도윤은 가만히 눈을 깜빡였다. 배터리가 2% 남았던 핸드폰의 전원이 꺼졌다. 검은 핸드폰 액정 위로 얼이 빠진 도윤의 얼굴이 비쳤다. 하필이면 이때 핸드폰이 꺼지다니.

핸드폰을 만지는 도윤을 쳐다보던 태건이 말을 걸었다.

"안 가요?"

무언가 생각할 시간도 없이 신호가 바뀌었다. 태건의 목소리를 들은 도윤은 그제야 정신을 차리고 운전을 시작했다.

"무슨 생각을 그렇게 해요?"

"아, 아니에요…"

앞만 보며 운전을 하던 도윤이 어딘가에 홀린 듯 대답했다. 태건은 그런 도윤의 모습을 조용히 쳐다보았다. 도윤은 깨닫지 못했다. 자신이 소리만 듣고 대답했다는 사실을.

도윤은 지금 누구보다 생각이 많았다. 트렁크에서 두 번이나 문자 메시지 진동음이 들렸다. 우연의 일치일지는 모르지만 도윤이 규혁에게 메시지를 보낼 때마다. 그렇다는 건 트렁크에 실린 사람이 규혁이라는 말일까? 지금 죽었는지 살았는지 모르는 트렁크 속 사람이 정말 친구일까? 도윤은 그것도 모르고 혼자 살겠다고 운전을 하고 있고?

도윤은 내비게이션을 확인했다. 정신 없이 운전하다 보니 어느새 목적지까지 남은 시간은 3분. 차가 달릴수록 남은 시간은 점점 줄어들었다.

트렁크 속 사람이 규혁일 확률 50퍼센트, 아닐 확률도 50퍼센트. 그렇다면 구해야 한다. 트렁크 속 사람이 규혁이 맞는다면, 그래서 규혁이 잘못된다면 도윤은 평생 죄책감에 시달릴 것이다. 소중한 친구를 잃을 수 없었다. 만약 지금 이 자리에 규혁이 있더라도 똑같은 결정을 내렸을 것이다.

도윤은 곁눈질로 태건을 살폈다. 키도 도윤보다 10센티미터는 커 보이는 태건은 운동도 즐겨 하는지 체격도 좋았다. 하얗고 마른 도윤과 다르게 다부진 몸매를 가졌다. 게다가 도윤은 군면제가 될 정도로 건강하지 않았다. 육탄전으로 가면 절대적으로 불리했다.

목적지는 인적이 드문 산에 위치한 태건의 작업

실. 여러 가지 생각을 하다 보니 어느새 작업실로 올라가는 산 아래에 이르렀다. 신호등에는 직진 표시가 떴다. 우회전을 해야 하는 도윤은 멈춰야 했다. 그러나 도윤은 멈추지 않고 그대로 가속페달을 밟고 직진했다.

"…뭐하는 짓이야?"

내비게이션은 경로 이탈이라며 새로운 길을 안내하기 시작했다. 도윤은 내비게이션 따위는 볼 생각도 없었다. 이제 목적지는 태건의 작업실이 아닌 경찰서였다.

도윤은 태건을 태운 채 경찰서로 가서 신고하기로 마음먹었다. 이것만이 태건과 싸우지 않고 자신을 지키면서 규혁도 구할 수 있는 최선의 방법이라고 생각했다.

쾅. 태건이 조수석 유리창을 주먹으로 내리쳤다. 도윤의 몸이 티 나게 움찔거렸다. 태건이 얼굴을 도윤에게 가까이 들이대고 귓가에 속삭였다.

"너… 들리는구나?"

도윤의 심장이 쿵, 내려앉았다.

5 불완전한 확신

수현은 한민우의 집 앞에 서 있다. 청각장애인이라 집 앞에 초인종 대신 초인등이 설치되어 있었다. 초인등을 누르기 전, 수현은 민우가 도망칠 경로를 그려보았다. 7층이니 창문에서 뛰어내리지는 못할 것이다. 도망치려면 현관문밖에 없는 상황이다. 문을 열어 주지 않을 수도 있고, 아주 조금만 열었다가 낌새를 눈치채고 문을 닫을 수도 있다고 생각했다.

일단 정면 돌파다. 수현은 비장한 마음으로 초인등을 눌렀으나 걱정과 달리 금세 문이 열렸다.

“누구세요?”

방금 잠에서 깬 듯해 보이는 민우는 잠옷 차림이

었다. 아무리 봐도 방금 전까지 운전을 했다고는 믿기지 않은 차림이었다. 이 집 맞는데… 수현은 혹시 자신이 잘못 찾아온 건 아닌지, 현관문의 호수를 확인했다. 702호, 맞았다.

수현이 현관문 사이에 신발을 끼어 넣었다. 민우가 문을 멋대로 닫지 못하게. 그리고 심문을 시작했다.

"한민우 씨 맞으십니까?"

"제가 한민우입니다만…"

수현이 경찰 신분증을 꺼내 민우에게 보여 줬다. 민우는 경찰 신분증이 잘 보이지 않는지 실눈을 뜨고 들여다보았다.

"안녕하세요, 홍영지구대 최수현 경장입니다."

"경찰이요?"

민우가 놀란 목소리로 물었다. 수현이 최대한 또박또박한 목소리로 설명했다.

"지금 제 말이 이해가 가시나요? 아니면 글로 써드릴까요?"

"입 모양을 읽을 수 있습니다. 무슨 일이시죠?"

"오늘 한민우 씨가 운전하는 차량에 대한 신고가 들어와서 확인차 왔습니다."

"신고요?"

"네. 한 30분 전쯤에 동명주유소에서 신고가 들어왔습니다."

"그게 무슨 소리예요? 오늘은 쉬는 날이라 집에만 있었는데…"

민우는 말도 안 된다는 얼굴로 말했다. 수현은 마지막 이름 한 글자가 명확하지 않아 민우가 검문소에서 확인한 신분증의 주인인지 확신할 수 없었다. 그러나 쉽게 물러설 수는 없었다.

"선생님. 굉장히 위급한 상황입니다. 누군가 선생님의 운전 면허증을 도용한 것일 수도 있어요."

"도용이요?"

걸렸다. 만약 아무런 관련이 없다면 면허증을 가지고 있다고 대답할 것이다. 근데 민우는 도용이라는 말에 반응했다. 수현은 민우가 지금 면허증이 없어서 이런 반응을 보인 것이라고 추측했다.

"네. 지금 운전 면허증을 가지고 계신가요?"

"…지금 면허증… 가지고 있지 않기는 한데…"

민우는 우물쭈물 대답했다. 수현은 놓치지 않고 물었다.

"어디에 두고 오셨나요? 아니면 잃어버리셨어요?"

"그건 아니고요…"

민우는 말하기를 꺼려 했다. 이럴 때는 강하게 몰아붙여야 했다. 수현은 강경한 어조로 다시 말했다.

"그럼요? 지금 정말 위급한 상황입니다. 정확히 말씀을 해 주셔야 해요."

"위급한 상황이라는 게… 어떤 상황을 말씀하시는 건가요?"

민우가 걱정스러운 얼굴로 물었다. 수현은 일부러 자극적인 단어를 사용해 대답했다.

"살인 사건이요. 살인 사건과 연관될 수 있어서 여쭤보는 겁니다."

"사, 살인 사건이요?"

'살인'이라는 단어에 민우가 놀라 되물었다. 정확히는 납치 신고가 들어온 것이지만 수현은 더 나아가 대답했다. 아직은 추측일 뿐이지만 충분히 살인 사건이 될 수도 있다고 생각했다. 어떻게든 민우의 입을 열어야 했다. 지금 태도로 보아 말하고 싶지 않은 무언가를 숨기고 있는 게 분명했다.

"네. 지금 유력한 용의자가 한민우 씨 면허증으로

운전을 하고 있습니다. 지금 솔직히 이야기를 안 해 주시면 공범으로 조사를 받으실 수 있습니다."

"공, 공범이라뇨! 저는 아무것도 몰라요… 진짜예요!"

민우가 깜짝 놀라 소리쳤다. 억울해 보이는 표정이었지만 그렇다고 100퍼센트 신뢰할 수 있는 건 아니었다. 수현은 공범이거나 운전 면허증을 대여해 주며 일정 금액을 받았을 수도 있다고 생각하며 추궁했다.

"그러면 면허증은 어디에 있죠? 왜 타인이 한민우 씨 면허증을 가지고 있는 겁니까?"

"그게… 사실대로 말하면 저는 아무런 문제가 없나요?"

"우선 이야기를 들어 봐야 알 것 같습니다."

수현이 위압감이 느껴지는 목소리로 대답했다. 그러자 민우가 머리카락을 헝클어트리며 입을 열었다.

"진짜, 저는 진짜 몰랐어요… 그냥 운전 면허증만 빌려준 게 다예요…"

"그걸 왜 빌려줬습니까?"

"제가 대리 기사로 일하거든요. 회사 사장님께서 일을 쉬는 날에는 운전 면허증을 회사에 두고 가라고 하더라고요. 장애인을 고용하면 국가에서 보조금이 나오는데 근무 일수 등이 맞아야 한다고요. 최근 제가 몸이 안 좋아서 병원에서 진료를 받거든요. 그래서 근무 일수가 좀 부족한데 그때 다른 아르바이트생을 대타로 해서 근무 일수를 채워 주겠다고 했어요…"

"그럼 그 사람도 대리 기사로 일하겠네요. 면허증은 있는 거죠?"

"그렇지 않을까요? 대리 기사가 면허증이 없을 수는 없으니까…"

"실제로 그 사람을 본 적 있나요?"

"아뇨. 제가 쉬는 날에 나오는 모양이에요. 그래서 실제로 본 적은 없어요."

결국 민우는 운전 면허증을 대여해 줬을 뿐이고 태건의 차를 운전하는 사람은 따로 있다는 말이다. 범인은 태건의 차를 운전하는 사람이 아닌, 태건일 확률이 높아졌다. 자신의 차가 아닌데 트렁크에 사람을 싣는 건 불가능할 테니까.

근데… 왜? 태건이 사람을 납치할 이유가 무엇일까. 그냥 사이코패스라서? 트렁크에 사람을 싣고 향하는 곳은 어디일까?

아직 사건의 본질을 꿰뚫지 못했다. 우선 민우의 운전 면허증을 제시한 그 사람이 누구인지 알아내야 했다.

수현 앞에 서 있던 민우가 불안한 목소리로 물었다.

"근데 저는 사장님 말에 따랐을 뿐인데 처벌을 받을까요?"

"우선 사장님 전화번호를 알려 주세요. 제가 직접 통화해 보겠습니다."

민우가 수현에게 핸드폰에 저장된 상철의 전화번호를 보여 줬다. 수현은 자신의 핸드폰으로 상철에게 전화를 걸었다. 통화 연결음이 몇 번 울리고 상철이 전화를 받았다.

"여보세요?"

"홍영지구대 김수현 경장입니다."

"지구대요? …이거 보이스피싱 아니야?"

"보이스피싱 아닙니다. 지금 한민우 씨 운전 면허증을 이용한 범죄행위가 포착되었습니다."

"네? 범죄행위요?"

상철이 깜짝 놀라 되물었다. 범죄행위라니, 국가에서 보조금을 받는 마음 대리운전에서 절대 일어날 수 없는 일이었다. 사실이라면 국가 보조금이 끊길 것은 자명한 사실이었다. 수현이 엄격한 목소리로 한 말이 틀리지는 않았다. 신분증을 빌려주는 행위는 엄연한 불법이었다.

"우선 한민우 씨의 운전 면허증을 가지고 있는 사람이 누구입니까?"

"아… 그게… 정확히 무슨 일이 일어난 건가요?"

상철이 대답을 회피했다. 수현은 답답해지기 시작했다. 지금 1분 1초가 급한 상황이다. 트렁크에 진짜로 사람이 있는 게 맞는다면, 그리고 차주인 태건이 납치범이 맞는다면 신속히 움직여야 했다. 도대체 뭘 이렇게 숨기는 것들이 많은지.

"지금 대리 기사분이 운전하는 차의 트렁크에 사람이 있다는 신고가 들어왔습니다."

"사, 사, 사람이요?"

상철이 깜짝 놀라 소리쳤다. 트렁크에 사람이 있다니 말이 되는 일인가. 상철이 놀라 말을 하지 않자 수현이 다그쳤다.

"지금 시간이 없습니다! 빨리 한민우 씨의 면허증을 누가 가지고 있는지 말하십시오."

"이게 무슨 일… 강도윤입니다. 스물네 살이고 전화번호는 010…"

"개인 정보는 핸드폰 메시지로 보내 주십시오."

"잠시만요!"

수현이 전화를 끊으려고 하자 상철이 소리쳤다.

"더 하실 말씀이 있습니까?"

"그게…"

상철이 말을 흐렸다. 수현의 미간이 찌푸려졌다. 빨리 도윤의 정보를 받아 신상 정보 확인 및 위치 추적을 해야 하는데 시간을 끄는 상철이 못마땅했다.

"하실 말씀 없으면 끊."

"도윤이는 청각장애인이 아니에요!"

"뭐라고요?"

상철의 말에 수현이 되물었다.

"그게… 도윤이는 비장애인이에요. 우리 업체에서 일하는 청각장애인의 면허증만 빌려서 청각장애인인 척하고 대리운전을 하고 있어요. 중요한 일 같아서 알려 드려요…"

갈수록 태산이었다. 청각장애인인 척하고 대리운전을 하는 비장애인이라. 그렇다면 도윤도 트렁크 속 사람의 소리를 들었을 가능성이 높다. 그 소리를 들으면서 운전을 계속했다는 것이다. 도대체 왜? 잠시 눈을 피해 신고라도 할 수 있는 거 아닌가. 아무튼 지금은 도윤을 찾아야 했다.

"알겠습니다. 메시지로 이름, 나이, 핸드폰 번호를 보내 주세요."

전화를 끊은 수현이 불안한 표정으로 자신을 바라보는 민우에게 말했다.

"우선 사건부터 해결하고 다시 연락드리겠습니다."

"네. 저는 진짜 아무것도 몰랐습니다. 꼭 알아 주세요…"

수현은 민우를 뒤로하고 스마트포레 빌라에서 나왔다. 차에 탄 수현이 상철의 메시지를 기다리며 핸드폰으로 인터넷을 켰다. 윤태건을 검색하자 포털사이트에 등록된 인물 정보가 나왔다. 생년월일 및 SNS 주소와 함께 작품 전시회도 나왔다. 태건이 지금까지 발표한 작품을 정리한 게시글을 눌렀다. 게시글에는 태건의 작품과 전시회 시간이 일목요연하게 정리되어 올라와 있었다.

수현은 가만히 그 작품을 살펴보았다. 7년간의 공

백을 깨고 2년 전 발표한 첫 작품이었다. 제목은 〈백의의 천사〉. 그리고 3개월 뒤 〈스무 살의 희로애락〉이 공개된다. 그리고 7개월 뒤에 〈엄마의 눈물〉이, 3개월 뒤에 〈삶의 애환〉이 전시회를 통해 발표됐다.

지훈이 실종된 지 2년, 그리고… 지훈보다 한 달 정도 먼저 실종된 간호대 학생이 있었다. 지훈이 사라지고 반년 후에는 중년 여성이 실종됐고 그 후 30대 직장인이 실종됐다. 실종된 사람들과 태건의 작품명이 묘하게 연관성 있어 보였다. 마치 실종된 사람들을 대표할 만한 특징을 설명한 것 같았다. 게다가 작품 발표 시기 역시 딱 떨어졌다. 혹시… 윤태건의 작품과 사람들이 실종되는 데 무슨 관련이 있는 게 아닐까.

오늘 실종 신고가 홍영지구대에 접수됐고, 마침 홍영동에서 멀리 떨어지지 않은 주유소에서도 트렁크에 사람을 싣고 다니는 사람이 있다는 신고가 들어왔다. 그 차의 주인은 태건, 대리운전을 하는 사람은 청각장애인. 이 사실들이 가리키는 진실은 무엇일까.

강도윤. 24세. 남자. 010-XXXX-XXXX

핸드폰 상단에 상철이 보낸 메시지가 떴다. 수현은 해당 메시지를 곧바로 세훈에게 전달하고 전화를 걸었다.

"이 사람 빨리 신상 조회하고 핸드폰 위치 추적해 봐."

"네, 지금 바로 해 보겠습니다."

1초가 1분 같았다. 수현은 세훈이 위치 추적을 하는 동안 초조하게 기다렸다.

"아… 핸드폰이 새성동에서 꺼졌어요."

"핸드폰이 꺼졌다고?!"

핸드폰이 꺼졌다니. 최악을 생각할 수밖에 없었다. 어쩌면 도윤도 위험할 수 있다는 생각이 들었다. 이제 남은 건 태건이었다.

"태건. 윤태건의 개인 정보를 조회해서 위치 추적해 봐. 포털사이트에 이름 검색하면 생년월일 나올 거야. 그걸로,"

"최 경장."

전화기 너머로 들리는 윤 경감의 목소리에 수현이 말을 멈췄다.

"지금 뭐하는 거야? 개인 정보 조회와 위치 추적?

누구 지시를 받았지?"

"급한 상황입니다. 윤태건이 사람을 납치한 것 같습니다. 어쩌면 홍영동 실종 사건과 연관이 있을 수 있습니다."

"최 경장."

이야기를 늘어놓던 수현이 윤 경감의 말에 입을 다물었다. 윤 경감이 침음했다. 지금까지 수현은 업무 태도가 좋은 경찰이었다. 그런 수현이 동생을 잃어 안타깝게 생각은 하지만 아닌 건 아니었다.

"최 경장, 동생 실종되고 힘들어하는 거 잘 알아. 근데 공사를 구분 못하면 안 되지. 지금 고작 주유소 아르바이트생 신고만 믿고 수사를 해? 윤태건이 누군지 알지? 그 사람이 누굴 납치했다고? 그리고 홍영동 실종 사건과 연관이 있다라… 증거는 있어?"

증거. 수현이 입을 다물었다. 지금 윤 경감의 태도로 보아 태건의 도자기와 실종된 사람들의 연관성에 대해 이야기하면 미친 사람 취급을 받을 게 분명했다.

"최 경장. 아무런 혐의 없이 개인 정보 조회를 하고 위치 추적을 할 수 없어."

"…알겠습니다."

"이번 일은 가볍게 못 넘어가. 지시를 받지 않고 혼자 생각으로 수사를 하다니 말이 되는 일이야? 지금 바로 지구대로 와."

"네."

수현이 전화를 끊었다. 거칠게 숨을 내뱉다가 화를 못 참고 핸들을 주먹으로 내리쳤다. 그래도 화가 풀리지 않는 듯 몇 번 더 핸들을 주먹으로 내리친 수현이 눈을 치켜떴다. 핸드폰으로 무언가 검색을 한 다음 내비게이션에 주소를 입력했다. 내비게이션에 찍힌 주소는 홍영지구대가 아닌, 태건의 개인 작업실이었다.

* * *

도윤의 얼굴이 새하얗게 질렸다. 핸들을 잡은 두 손이 뻣뻣하게 굳는 것 같았다. 확신에 찬 태건의 목소리는 도윤을 두렵게 하기 충분했다. 어떻게 알았지? 언제부터 알아챈 거지? 진짜 알아챈 게 맞긴 한가? 태건은 얼굴을 바짝 들이밀고 도윤의 귓가에 속삭이듯 말했다.

"나는 청각장애인 대리 기사를 불렀는데… 왜 네가 왔을까?"

귓가에 태건의 숨결이 닿자 온몸에 소름이 돋았다. 이제 방법은 하나뿐이었다. 경찰서에 가서 도움을 요청하는 것만이 살 수 있는 방법이었다. 도윤은 경찰서를 발견하기 위해 정신을 집중했다.

"처음부터 다 들었겠네?"

도윤의 팔뚝 털이 쭈뼛 섰다. 매력적이라고 생각했던 태건의 목소리가 섬뜩하게 들렸다. 당장이라도 눈물이 쏟아질 것 같았다. 그냥 아르바이트나 하러 온 자신에게 왜 이런 일이 생겼는지 억울했다.

마침 도윤의 눈에 경찰서가 보였다. 살았다! 세상의 모든 신에게 감사했다. 도윤이 경찰서로 들어가기 위해 차선을 변경했다. 그러한 도윤의 행동에 태건이 눈치를 채고 다시 속삭였다.

"경찰서에 가려고? 그 핸들 한 번 더 꺾었다가는 손가락이 부러질 줄 알아."

움찔. 다시 차선을 변경하려던 도윤이 잠시 망설였다. 그래도 여기서 물러날 수 없었다. 도윤이 다시 차선 변경을 하려 했다. 태건이 핸들을 쥐고 있는 도윤의 중지, 약지를 잡고 뒤로 꺾어 버렸다.

"으악!"

도윤이 오른손 중지와 약지에서 느껴지는 고통에 핸들을 놓쳤다. 차가 크게 휘청거렸다. 그 틈을 타 태건이 핸들을 잡고 직진했다. 눈앞에 보였던 경찰서를 지나쳤다. 도윤은 오른손 손가락이 멀쩡한지 살피기에 바빴다.

"엄살 부리지 말고 핸들 잡고 목적지까지 가."

태건의 말에 도윤은 찔끔 나는 눈물을 삼키며 핸들을 잡았다. 도윤은 알 수 있었다. 목적지까지 가면 자신은 죽은 목숨이라는 것을. 핸드폰도 꺼져서 구조 요청도 할 수 없었다. 그렇기 때문에 더욱더 목적지로 갈 수 없었다. 두 사람이 탄 차는 계속 직진만 했다.

경로를 이탈하였습니다.

내비게이션이 다시 길 안내를 시작했다. 그 모습을 보던 태건이 조용히 도윤을 쳐다보았다. 도윤은 그 눈길을 받으며 두려움에 떨었다.

태건이 도윤의 머리를 손아귀에 쥐었다. 보통 남

자들보다 큰 태건의 손이 도윤의 작은 머리를 감싸 쥐었다. 마치 공을 잡듯이 도윤의 머리를 쥐고 옆으로 세게 밀었다.

쾅! 그대로 도윤은 운전석 창문에 머리를 박았다. 갑작스러운 충격에 머리가 어지러웠다. 눈앞이 빙글빙글 돌았다. 차가 다시 한 번 크게 흔들렸다. 태건은 마치 공놀이하듯 도윤의 머리를 자기 쪽으로 당겼다.

쾅! 다시 도윤의 머리가 운전석 창문으로 처박혔다.

"우욱."

도윤이 헛구역질을 했다. 머리에 연달아 충격이 오자 속이 메슥거렸다. 자신도 모르게 중앙선을 넘어 역주행하기 시작했다. 우웅, 머릿속이 울려 정신을 차릴 수가 없었다. 태건이 다시 도윤의 머리를 자기 쪽으로 당겼다. 도윤은 속절없이 태건이 하는 대로 끌려갔다.

빠앙! 앞에서 오는 트럭이 경적을 울렸다. 그제야 도윤이 정신을 차리고 다시 중앙선을 넘어갔다. 간신히 트럭을 피한 도윤은 여전히 태건이 자신의 머리를 손아귀에서 놓지 않고 있음을 깨달았다.

"죽어요! 이러다가 다 죽는다고요!"

도윤이 소리쳤다. 애처로운 외침에도 다시 도윤의

머리가 운전석 창문에 부딪혔다. 투둑, 도윤의 코에서 코피가 흘러 옷을 적셨다. 두려움에 눈에서 눈물방울이 떨어졌다. 무서웠다, 도윤은 이 상황이 너무나 무서웠다.

"내비게이션 보이지? 다음에 우회전이야."

사거리까지 400미터 남았다. 거리는 빠르게 줄어들었다.

"한 번만 더 직진해 봐. 머리가 으스러질 줄 알아."

이 사람은 죽음이 무섭지도 않은가? 운전대를 잡은 것은 도윤이고, 만약 사고가 나면 태건의 목숨도 위험할 수 있다. 그런데도 거침이 없었다.

우회전까지 200미터, 100미터, 50미터. 도윤의 머리는 여전히 태건의 손아귀에 잡혀 있다. 도윤의 손이 덜덜 떨렸다. 거리가 짧아질수록 태건의 손아귀에 힘이 들어갔다.

결국, 도윤이 우회전을 했다. 그제야 태건이 만족스러운 웃음을 지었다. 목적지까지 15분 남았다.

6 희망의 거짓, 절망의 진실

수현이 차에서 내려 주위를 둘러보았다. 태건의 작업실은 숲이 우거진 한적한 산길에 위치했다. 벽돌로 된 미니 하우스와 도자기를 굽는 가마, 주위에는 얼마 전에도 왔다 갔는지 짐들이 보였다. 수현은 전통 도자기 가마를 살펴보았다. 가마 내부는 꽤 넓었다.

"이게 뭐지?"

가마 옆, 반짝이는 것을 발견한 수현이 허리를 숙였다. 뜨거운 열기에 녹아내린 듯한 작은 금이었다. 판매 가치가 없을 정도로 작은 금. 금을 보던 수현의 눈에 기계가 들어왔다. 분쇄기 같기도 한 기계였다. 기계 안은 텅 비어 있다. 무언가를 분쇄했는지 하얀 가루가 귀퉁이에 조금 묻어 있었다.

수현은 가마 옆에서 넓은 돌판을 발견했다. 사람도 올라갈 수 있을 정도로 넓었다.

"이걸 어디서 봤더라…"

무언가 기시감이 들었다. 도자기 가마는 머리털이 나고 처음 보는데, 이상하게 낯설지 않았다. 도대체 이걸 어디서 봤지.

불현듯 돌아가신 부모님이 떠올랐다. 부모님은 납골당에 안치됐다. 어린 수현은 화장을 마치고 분골을 한 뒤에 분골함을 받아들었다. 화장을 하는 동안 훌쩍훌쩍 울면서 주위에서 어른들이 하는 이야기를 들었다.

"요즘 금값이 많이 올라서 화장할 때 나오는 금을 가져가는 사람들도 있대."

"그게 얼마나 된다고… 녹아서 얼마 안 남을 텐데."

온몸에서 피가 빠져나가는 것 같은 기분이었다. 다시 손에 든 작은 금을 보았다. 설마. 설마. 설마. 자신의 짐작이 아니기만을 바랐다. 그랬다면, 지훈의 마지막이 너무나 고통스러웠을 테니까.

"스무 살의 희로애락…"

수현은 태건의 전시회에서 보았던 새하얀 도자기를 떠올렸다. 소름 끼치도록 아름다웠던 그 도자기는 어쩌면… 구역질이 치밀었다. 고개를 숙여 몇 번이나 헛구역질을 했으나 먹은 게 없어 나오는 건 투명한 위액뿐이었다. 받아들이고 싶지 않은 진실에 몸이 덜덜 떨렸다.

수현은 도자기 가마 옆 작은 작업실을 바라보았다. 빠른 걸음으로 작업실 문 앞에 섰다. 문은 굳게 잠겨 있었다. 문고리를 잡아 흔들던 수현이 자리에 주저앉았다.

수현은 유난히 육감이 뛰어난 편이었다. 그리고 육감은 살아오는 데 큰 도움을 주었다. 그러나 오늘만큼은 자신의 육감을 믿고 싶지 않았다.

사실을 마주하기가 두려웠다. 차라리 모르는 편이 낫지 않을까. 어디엔가 지훈이 살아 있을 거라는 기대로 살아가던 수현이었다.

손이 덜덜 떨렸다. 당장이라도 이곳을 벗어나고 싶었다. 만약 지훈이 죽었다면, 진실을 알게 되는 것이 과연 좋을까? 차라리 진실을 외면하고 실종자가 된 지훈을 평생 찾아다니는 게 낫지 않을까.

호흡이 거칠어졌다. 진실을 마주할 것이냐, 외면할 것이냐. 수현이 뒤돌아 문에 기댔다. 지훈이 없으면 어떻게 살아가야 할까. 수현이 자리에서 일어났다. 뒤도 돌아보지 않고 차로 걸어갔다.

절망뿐인 진실이라면, 희망이 있는 거짓을 선택하고 싶었다. 그래야만 수현이 살 수 있었다.

"나는 우리 누나가 제일 자랑스러워."

머릿속에 지훈의 목소리가 떠오르자, 수현이 퍼뜩 정신을 차렸다. 만약 안 좋은 일을 당했다면 그 무서운 곳에 지훈을 놔둘 수는 없었다. 자신의 마음이 편하겠다고 지훈을 방치하는 건 말이 안 됐다. 수현이 주위를 살폈다. 바닥에 놓여 있는 삽을 들고 작업실 문 고리를 내려쳤다.

* * *

점점 목적지에 가까워졌다. 도윤은 두려움에 몸

이 덜덜 떨리기 시작했다. 작업실은 인적이 드문 곳에 있어 더 이상 도움을 요청할 수도 없었다. 목적지에 도착하면 죽는다. 그렇다고 목적지를 벗어나도 죽는다. 어쨌든 도윤은 죽는다.

어떻게든 살고 싶었다. 개똥밭에 굴러도 이승이 좋다고 했다. 그런데 도윤에게 놓인 선택지는 죽음뿐이었다. 그렇게 생각하니 오히려 무서울 것이 없었다. 어떤 선택을 해도 죽는 건 마찬가지였다. 그렇기 때문에 아주 조금이라도 살 확률이 있다면 주저 없이 그 방법을 선택해야 했다. 그것이 목숨을 건 도박이라도 말이다.

도윤의 눈에 들어온 것은 도로를 따라 자란 나무였다. 커브를 조심하라는 팻말과 길이 험하니 속도를 줄이라는 팻말도 보였다.

도윤은 가속페달을 밟았다. 차의 속도가 점점 빨라졌다. 어차피 완력으로는 태건을 이기지 못한다. 그런 태건을 다치게 할 유일한 방법은 사고뿐이었다. 물론 도윤의 목숨도 보장할 수 없지만 말이다.

살 수 있을까. 다리가 잘리거나 식물인간이 되는 건 아닐까. 도윤의 머릿속에는 부정적인 생각이 가득

했다. 그렇지만 멈출 수 없었다. 제발 크게 다치지 않고 태건보다 먼저 정신을 차리기를.

급발진이라도 하듯 빨라지는 차의 속도에 태건이 수상함을 느끼고 뭐라 소리치기 전, 차가 나무를 들이받았다. 보닛이 휴지처럼 구겨지고 에어백이 터졌다.

* * *

수현은 삽을 던졌다. 그리고 망가진 문을 발로 걷어차고 작업실로 들어갔다. 작업실을 둘러보았다. 선반에는 다양한 모양의 도자기가 줄지어 놓여 있었다. 홀린 듯 도자기를 보다가 선반 아래에서 종이 박스를 발견했다.

종이 박스 속 물건을 살피려는 수현의 손이 떨리기 시작했다. 박스를 열자 여러 가지 소지품들이 보였다. 가방과 옷가지 등, 여자의 것과 남자의 것이 섞여 있었다. 수현은 눈에 익은 카디건을 들어 올렸다. 지훈의 생일날 수현이 사 주었던 명품 카디건이었다. 아니겠지. 수현은 애써 현실을 외면했다. 20대 남자들이 많이 입는 카디건이었다. 옷더미를 뒤지다가 맨투맨 티셔츠를 발견했다. 카디건과 함께 수현이 사 주었던 맨투맨이었다.

아니겠지. 아닐 거야. 20대들이 많이 입는, 흔한 브랜드잖아. 수현은 스스로를 세뇌하듯이 말했다.

그때 지갑이 눈에 들어왔다. 지훈이 의대에 최종 합격한 날, 수현이 사 준 명품 지갑이었다. 지갑을 열자 지훈의 신분증이 보였다. 신분증 앞에는 수현과 지훈이 함께 찍은 사진이 꽂혀 있었다. 사진 속 두 사람은 활짝 웃고 있었다.

수현이 지갑을 손에 든 채 오열했다. 진실은 너무나 냉혹했다. 지훈이 어딘가에 살아 있을 것이라는 희망이 산산조각 났다.

"지훈아, 너 없이 어떻게 살라고…"

지훈은 수현이 열심히 살아야 하는 이유였다. 지훈의 죽음을 마주한 수현은 절망에 휩싸였다. 차라리 모르는 게 나았다. 경찰이라는 직업을 선택한 것도, 지훈을 지켜 주기 위해서였다. 열두 살이나 어린 동생은 자신처럼 등 떠밀려서 사회에 내몰리지 않기를 바랐다. 안정적인 직장에 들어가 지훈이 돈 걱정하지 않고 하고 싶은 것을 찾아 주고 싶었다. 그런데 지금은? 동생을 지키지 못한 수현은 삶의 목표를 잃었다.

바닥에 놓인 굵은 밧줄이 눈에 들어왔다. 문득 나쁜 생각이 들었다. 내가 살아갈 이유가 있을까. 수현은 지갑 속 지훈과 함께 찍은 사진을 손가락으로 문질렀다. 이제 지훈을 이렇게 만든 놈을 잡아넣을 증거를 찾아야 한다. 여기서 멈춘다면 태건은 앞으로도 범죄를 저지를 것이고 피해자도 계속 생길 것이다. 수현은 이대로 멈출 수 없었다. 지훈을 이렇게 만든 놈에게 죗값을 받게 해야 한다. 그것이 지훈에게 해 줄 수 있는 유일한 일이었다.

쿵! 어디선가 굉음이 들리자 수현이 작업실 밖으로 뛰어나갔다. 주위를 살펴보다가 바지에 넣어 둔 핸드폰이 진동하는 걸 느꼈다. 윤 경감인 줄 알았는데 액정에 뜬 이름은 세훈이었다.

"어, 무슨 일이야?"

"선배 지금 지구대로 오시는 거 아니죠?"

"…왜? 누가 너보고 나 감시하라고 시켜?"

수현은 자신도 모르게 비꼬는 목소리로 물었다. 윤 경감이 그렇게 소리쳤으니 바로 옆에 있던 세훈이 못 들었을 리 없었다.

세훈은 까칠하게 반응하는 수현을 이해했다. 수현이 동생인 지훈을 얼마나 끔찍하게 아끼는지 잘 알고 있었다. 지훈이 실종되고 나서 반은 정신이 나간 사람처럼 굴었던 수현을 기억하고 있었다. 가족을 잃은 심정을 어떻게 다 헤아릴 수 있을까.

그래서 세훈은 이번만큼은 수현을 도와주고 싶었다. 그것이 상사에 대한 불복종이라도 말이다. 징계를 받아도, 같이 받으면 낫겠지. 세훈은 긍정적으로 생각했다.

"별정 통신사 담당자와 연락이 닿았습니다. 지금 위치 추적을 마쳐서 말씀드리려고 전화했어요."

"뭐? 어디야?"

"만평동 87-1번지입니다."

수현이 고개를 들었다. 만평동은 태건의 작업실이 있는 이곳이었다. 즉, 근처에 태건이 있다는 것이었다.

"그리고 같은 곳에서 자동차 사고 신고도 접수됐습니다."

"자동차 사고?"

"네. 흰색 X90 차량이라고 합니다."

흰색 X90 세단. 주유소에서 신고한 차량이다. 그 차량과 실종자의 위치가 같다. 더 생각할 것도 없었다. 수현이 곧바로 전화를 끊고 달려갔다. 차에 타자마자 내비게이션에 만평동 87-1번지를 입력했다. 경로 안내를 시작하자마자 수현이 거칠게 차를 몰았다.

* * *

"으으…"

도윤이 신음하며 고개를 들었다. 무슨 상황인지 파악이 되지 않아 멍하니 주위를 살폈다. 나무를 들이받은 차와 에어백이 터져 기절한 자신. 조수석 쪽으로 고개를 돌리자 정신을 잃은 태건이 보였다. 그제야 도윤은 어떤 상황인지 깨달았다.

목숨을 건 도박은 성공이었다. 도윤이 태건보다 먼저 정신을 차린 것이다. 최악의 경우 눈을 떴을 때 자신을 내려다보고 있는 태건과 눈이 마주치는 것도 생각했다. 살 수 있다. 도윤의 가슴속에서 작은 희망이 생겨났다.

우선 빨리 규혁을 구해야 했다. 도윤이 안전벨트를 풀자 갈비뼈라도 부러졌는지 가슴께가 지끈거리는 통증을 느꼈다. 시간이 없었다. 이 정도 고통으로 시간을 낭비할 수 없었다. 도윤은 차에서 내려 트렁크를 열었다. 그곳에는 피범벅이 되어 몸을 웅크린 사람이 있었다.

"규혁아!!"

도윤이 트렁크 속 사람을 흔들며 이름을 불렀다. 코뼈는 주저앉고, 피투성이가 된 얼굴은 잔뜩 부어 올라 있었다. 도윤과 눈을 제대로 맞추지도 못했다. 생명이 꺼져 가는 눈동자였다. 의료 지식이 없는 도윤이라도 본능적으로 위급한 상황이라는 걸 알았다.

"규혁아, 정신 차려… 내가, 내가 도와줄게…"

안타깝게도 도윤은 이런 상황에서 어떻게 응급처치를 해야 하는지 전혀 알지 못했다. 그래도 가만히 있을 수는 없어 열심히 몸을 주물렀다. 어떻게든 정신을 차릴 수 있도록 말이다.

"디…"

그가 입을 열었다. 그러나 도통 무슨 말인지 알아들을 수가 없었다. 도윤은 가까이 얼굴을 들이밀었다.

"뭐라고?"

"디… 를…"

그때 도윤의 몸이 뒤로 크게 젖혀졌다. 도윤은 꼼짝없이 태건이 당기는 줄에 목이 졸려 켁켁거렸다. 태건이 줄을 당기는 힘이 세질수록 숨을 쉴 수가 없었다. 도윤이 버둥거리다가 태건의 명치를 팔꿈치로 쳤다. 태건의 손에 힘이 풀린 순간을 놓치지 않고 도윤은 벗어났다.

"허억, 허억."

도윤은 목을 잡고 숨을 내쉬었다. 그의 하얀 목에는 붉은 생채기가 선명하게 드러났다. 명치를 맞아 움츠러들었던 태건이 금세 허리를 펴고 섰다. 앉아 있을 때도 체격이 크다고 생각했는데 일어서니 태건의 체격은 더 위협적이었다. 태건이 천천히 다가오자 도윤은 뒷걸음질 쳤다.

"재미있네."

태건의 말에 소름이 돋았다. 재미있다고? 죽다 살아난 이 상황이 재미있다고? 도윤은 이 상황이, 그리고 태건이 너무 무서웠다. 그러나 태건의 얼굴에는 두려움이 전혀 없었다. 두 사람의 관계에서 누가 우위를 점하고 있는지는 너무나 확연했다.

태건이 도윤에게 달려들었다. 멈칫거리던 도윤이 뒤늦게 등을 보이고 도망치려 했다. 그러나 자기 발에 꼬여서 바닥에 넘어지고 말았다.

"아 씨!"

도윤이 욕을 내뱉었다. 인생이 안 풀린다 해도 이런 상황에서까지 안 풀릴 수 있을까. 그 틈을 놓치지 않고 태건이 도윤의 몸 위로 올라탔다. 거구의 태건이 허리 위에 올라탄 것만으로도 압박감을 느꼈다. 도윤은 자신의 몸을 누르고 있는 태건에게서 벗어나기 위해 버둥거렸다.

짝! 그때 태건의 손이 도윤의 뺨을 내리쳤다. 도윤의 얼굴이 크게 돌아갔다. 태어나서 처음으로 맞은 뺨이었다. 때린 건 뺨인데 마치 골이 울리는 것 같았다. 태건이 도윤의 턱을 잡아 정면을 보도록 고개를 돌렸다. 도윤은 두려움이 가득한 눈으로 태건을 올려다보았다. 태건이 다시 손을 올렸다.

짝! 다시 태건의 손이 도윤의 뺨을 내리쳤다. 같은 곳을 연달아 맞은 도윤은 귀와 뺨에 불이라도 난 듯 후끈한 열감을 느꼈다.

"감히 날 속여?"

태건은 으르렁거리며 말했다. 도윤이 자신을 속였다는 것에 화가 많이 난 듯했다. 짝! 짝! 짝! 태건이 도윤의 뺨을 연달아 내리쳤다. 도윤은 뺨을 몇 대 맞은 것뿐인데 이렇게 고통스러울 수 있다는 걸 처음 알았다. 버둥거리던 도윤은 점점 힘이 빠지기 시작했다.

"안 들리는 척하기 힘들었지? 진짜 안 들리게 만들어 줄게."

짝! 태건의 손이 다시 한 번 도윤의 뺨을 내리쳤다. 삐이--- 귀가 찢어질 듯한 이명이 들렸다. 머리가 깨질 것 같은 통증과 함께 코에서 피가 터져 나왔다. 태건은 멈추지 않았다. 다시 한 번 태건이 뺨을 내리치자, 이번에는 도윤의 눈앞에 번쩍 별이 보였다. 도윤은 이제 자신의 뺨을 내리치는 소리도 들리지 않았다. 뺨이 얼얼해 고통도 느껴지지 않았다. 다만 뺨을 맞을 때마다 살점이 떨어져 나가는 것 같았다. 볼살이 찢기는 것 같은 느낌이 들면, 그것으로 자신이 맞고 있다는 걸 알아챘다.

삐이--- 삐--- 이명이 점점 심해졌다. 시끄러운 이명 때문에 제대로 정신을 차리기가 어려웠다.

죽는다. 이 사람은 분명히 나를 죽일 것이다. 나는 이 사람 손에 죽는다!

도윤은 처음으로 죽음의 공포를 느꼈다. 과제를 하지 않아서 학원 선생님께 혼났을 때, 고등학생 때 야간 자율 학습에서 튀다가 무서운 학주한테 걸렸을 때와는 비교도 되지 않는 무서움이었다.

머릿속에 자신이 살아온 과거가 떠올랐다. 이게 주마등이라는 건가. 이대로 죽는 건가. 억울했다. 이 세상에 태어나서 불운하기만 했는데 마지막까지 살인마에게 뺨을 맞아 죽는다니. 신이 존재한다면, 이렇게 불쌍한 삶을 살다 가는 인간을 만들면 안 됐다.

버둥거리던 도윤의 손이 점차 힘을 잃고 바닥을 더듬거렸다. 손톱을 세워 손가락을 모아쥐었다. 손아귀에 축축한 흙이 쥐어졌다. 도윤은 최선을 다해 흙을 모았다. 더 많이, 더 많이. 양손 가득 흙을 그러모아 쥔 도윤이 눈을 감았다. 손에 쥔 흙을 태건의 눈에 뿌렸다.

"이 새끼가…!"

태건이 손등으로 눈을 가리며 몸을 뒤로 젖혔다. 그 순간 도윤이 있는 힘껏 태건을 밀쳤다. 도윤은 자신의 얼굴에 떨어진 흙을 털어 냈다. 도윤에게 밀린 태건은 엉덩방아를 찧은 채 손등으로 눈을 가리고 있었다. 이대로 도망가면 된다. 이대로…

"어…?"

일어나려고 하던 도윤이 주저앉았다. 다시 다리에 힘을 주어 간신히 일어섰다. 걸음마를 처음 배운 아기처럼 어설프게 걸었다. 한두 걸음도 가지 못하고 다시 주저앉았다. 머리가 핑 돌았다. 몇 걸음 가고 주저앉은 도윤은 어떻게든 도망가기 위해 기기 시작했다.

"우욱…"

어지러운 데다가 속이 울렁거리기까지 했다. 기어가던 도윤이 흙에 얼굴을 박고 쓰러졌다. 팔에 힘을 주고 상체를 일으켜 세웠다. 투툭. 흙 위로 코피가 떨어졌다. 주르륵 코피가 흐르는데, 마치 뇌가 흘러나오는 것 같았다. 도윤은 덜덜 떨리는 손으로 머리를 만졌다. 정말, 이대로는 죽을 것 같았다.

도윤이 경련하듯 몸을 떨었다. 어느새 자리에서 일어난 태건이 그런 도윤의 모습을 관찰하듯 바라보았다. 도윤은 태건이 자신을 바라보는 것도 모른 채 정신이 흐려지기 시작했다.

도윤이 자리에서 일어나기 위해 다리에 힘을 주었

다. 눈앞에 이상한 잔상이 보였다. 마치 마약이라도 한 것처럼 주위가 빙글빙글 돌았다.

끼이익. 도윤과 태건 앞에 차가 거칠게 멈췄다. 바닥과 타이어가 마찰하며 들리는 소름 끼치는 소리에 태건이 고개를 돌려 차를 바라봤다. 안타깝게도 도윤은 아무런 소리도 듣지 못하고 자신만의 세계에 빠져 있었다.

차에서 내린 것은 수현이었다. 수현은 대치하고 있는 도윤과 태건을 보았다. 바닥에 쓰러져 바들바들 떨고 있는 도윤을 보니 어떤 상황인지 알 것 같았다. 아주 좋은 타이밍에 등장한 것이다.

도윤에게서 지훈의 모습이 보였다. 도윤에게 한 짓만 보아도 피해자들을 어떻게 굴복시켰을지가 뻔했다. 수현은 당장이라도 태건을 찢어 죽이고 싶었다. 지훈이 이런 고통을 겪었을 거라고 생각하자 화를 참을 수가 없었다.

태건이 수현의 얼굴을 빤히 쳐다보았다. 수현은 불쾌할 정도로 빤히 쳐다보는 그 눈빛이 징그러웠다. 호기심 가득한 눈으로 수현을 보던 태건이 그제야 누군지 알아챘다는 듯 소리쳤다.

"아! 어디서 봤나 했더니만… 스무 살 남자애 지갑 속 사진에서 본 여자네?"

수현은 지훈과의 소중한 추억이 담긴 사진을 기억하는 태건이 역겨웠다. 지훈을 살해하고 그 소지품을 정리하면서 사진을 보았을 모습을 생각하니 피가 거꾸로 솟았다.

"닥쳐!"

"…너… 네 동생이 어떻게 됐는지 알고 있구나?"

수현의 욕설에 태건이 흥미롭다는 듯 대꾸했다. 수현은 화를 참지 못해 몸이 부들부들 떨렸다. 어쩜 저렇게 쓰레기 같은 놈이 있을까. 자신이 저지른 범죄에 대해 후회하거나 두려워하기는커녕 즐거워하고 자랑스럽게 드러내 보이고 싶어 하는 모습이었다. 유족인 수현을 희롱하면서.

"예술을 하는 건 힘든 일이야. 사람이 타는 냄새 맡아 봤어? 나라고 그런 냄새를 맡고 싶겠어? 예술을 위해서는 어쩔 수가 없다고. 매캐한 냄새가 나고 비명소리가 잦아들면, 그때 가마 속을 확인하지. 뼈를 분쇄하고, 도자기로 구울 때까지 중노동이 따로 없어."

"닥쳐!"

수현이 괴로운 목소리로 소리쳤다. 지훈을 그렇게 보냈다는 사실을 받아들이기가 괴로웠다. 태건은 진심으로 수현의 태도를 이해할 수 없었다.

"왜 화를 내는지 모르겠네. 내 전시회에 안 와 봤어? 다들 내 작품 좋아해. 이 작품은 앞으로 계속 보존돼 후대 사람들도 볼 거야. 네 동생은 죽은 게 아니라고. 영원히 살아 있는 거야. 완벽한 작품으로. 이건 예술이야!"

태건의 말에 수현은 코웃음을 치며 대꾸했다.

"예술? 너는 그냥 사이코패스 살인마일 뿐이야."

"내 작품을 보고 찬사를 보내는 사람들이 얼마나 많은 줄 알아? 여자 팬들만 몰고 다니는 셀럽이라고 욕을 하던 평론가들도 이제 내 작품을 인정해! 영혼이 깃든 것 같대. 당연하지, 진짜 영혼이 깃든 작품이니까. 차라리 완전히 죽여서 가마에 넣으면 편하기라도 하지, 산 채로 도자기 가마에 던져 넣는 게 얼마나 힘든 일인 줄 알아?"

"산 채로…?"

수현은 태건의 말에 집중했다. 태건이 유골로 도자기를 빚어 구운 이유는 영혼을 넣기 위해서다. 영혼을 넣기 위해, 숨이 붙어 있는 사람을 뜨거운 가마에 넣었다. 즉 시신이 아닌 산 사람을 차에 싣고 운반해야 했다. 산 사람을 싣고 대신 운전을 해 줄 사람으로 청각장애인 대리 기사가 제격이었을 것이다. 차 안에서 나는 소음을 전혀 눈치챌 수 없을 테니까.

그렇지만 왜? 직접 운전을 하면 트렁크에서 무슨 소리가 나도 상관이 없을 텐데. 수현은 태건이 굳이 청각장애인 대리 기사를 고용해서 움직인 이유를 알 수 없었다. 무슨 이득이 있다고 타인을 끌어들인 걸까?

태건은 기분이 좋은지 신이 나서 말을 이었다.

"가끔 트렁크에서 정신을 차리는 놈들도 있어. 그럴 때면 얼마나 짜릿한지 몰라. 살려 달라고 소리를 치기도 하고, 발을 구르기도 하지. 대리 기사는 청각장애인이라 들을 수가 없는데 말이야. 그것도 모르고 트렁크 속에서 애처롭게 살려 달라고 구걸하는 걸 보는 게 얼마나 재미있는데."

수현의 표정이 일그러졌다. 유골로 도자기를 굽는 것부터 사이코패스, 소시오패스일 거라고 생각했지만 이 정도로 미친놈일 줄은 상상도 못했다. 들을 수 없는 사람을 향해 살려 달라고, 여기 사람이 있다고 외치게 만들었다. 피해자에게 살 수 있다는 헛된 희망을 품게 만든 다음 그걸 보고 즐긴 것이다. 살고자 하는 처절한 울부짖음이 태건에게는 그저 유희 거리에 지나지 않았다.

수현은 드디어 사건의 전말을 알게 됐다. 왜 태건이 직접 운전을 하지 않고 청각장애인 대리 기사를 불렀는지. 생각보다 더 역겨운 이유였지만 자신의 입으로 범죄 사실을 술술 이야기한 태건을 보며 마음을 굳게 먹었다. 지금 태건의 진술은 재킷 안쪽 주머니에 있는 녹음기에 녹취가 되고 있기 때문이다.

"오늘은 아주 귀여운 짓을 하는 놈이 대리운전을 해서 재미있었지. 다행히 저놈도 아직 살아 있어. 얼마 전에는 가마에 넣기 전에 죽어 버려서 작품을 만들지도 못했어. 작품이 되기 전에 죽으면 곤란하거든. 영혼이 깃들어야 진짜 작품이 되니까."

광기 어린 태건의 말에 수현은 동요하지 않으려고 노력했다. 지금 태건을 보아하니 격하게 반응하면 더 즐거워할 것이 분명했다. 수현은 태건과의 짧은 대화를 통해 그가 어떤 것을 두려워하고 회피하고 싶어 하는지 알아챘다. 그래서 최대한 감정이 없는 목소리로 말했다.

"그래, 근데 그렇다는 건 네 작품은 여전히 형편없다는 말이잖아."

"뭐?"

"네 헛된 망상대로 사람을 죽여 그 뼛가루로 작품을 만든 후부터 인정받았다면서. 그러면 넌 살인을 하지 않고 네 실력으로는 죽어도 인정 못 받는다는 거 아니야?"

수현의 생각대로였다. 실력에 대해 지적하자 태건의 얼굴이 가차 없이 일그러졌다. 무시당했다는 것을 참을 수 없다는 듯이 말이다. 수현은 물러나지 않고 비꼬며 말했다.

"불쌍하기도 하지. 능력이 없으면 예술을 하지 말아야지, 그냥 SNS 스타나 하는 거 어때? 네 얼굴에 딱 맞네. 잘하는 것 하나 없이 그 뻰질뻰질한 얼굴이나 들이밀면서 말이야."

"네가 뭘 안다고 지껄여? 나는 예술가야, 천재 도예가라고!"

수현의 말에 태건이 발작하듯이 소리쳤다. 수현은 이제 확실히 알았다. 태건이 듣기 싫어하는 말, 무서워

하는 말이 무엇인지. 그는 실력보다 외모로 주목받는 것에 반발하고 있었다. '잘생긴 천재 도예가', '도자기보다 빛나는 외모'. 언론과 매스컴은 태건의 외모 이야기를 빼놓지 않았다.

예술로 인정받고 싶은 마음과는 달리 외모만 화제가 되니 이상과 현실의 괴리감을 느꼈을 것이다. 그래서 이런 어리석은 선택을 해 버렸다.

흙을 좋아하던 도예가는 이제 다시는 흙을 만지지 못할 것이다. 감옥에서 오랜 시간을 보내고 나와야 할 테니까.

"네 작품을 좋아하는 사람 중에서 예술성만 보고 좋아하는 사람이 몇이나 될까? 주제 파악하고 네 예쁜 낯짝에 감사해. 면상도 작살났으면 쓰레기 같은 작품에 대한 기사도 한 줄 안 났을 거니까."

태건의 얼굴이 보기 좋게 구겨졌다. 뺀질뺀질했던 얼굴이 일그러지자 통쾌했다. 여유롭게 수현을 놀리던 태건의 모습은 온데간데없었다.

유명 도예가의 외동아들이니 멋진 예술가로 성장하고 싶은 마음이 굴뚝같았을 것이다. 그러나 이건 잘못되어도 한참 잘못된 선택이었다. 어리석은 선택에 대한 대가는 반드시 치러야 했다.

"하! 그래, 동생을 잃었으니 제정신이 아니겠지. 하지만 슬퍼하지 마, 너도 동생 따라 멋진 작품으로 태어나는 거야!"

태건이 수현에게 달려들었다. 수현이 몸을 옆으로 피하며 발로 태건의 몸을 가격했다. 그러나 태건이 가볍게 팔로 수현의 발을 막았다. 그리고 곧바로 목을 졸랐다. 수현의 키는 약 170센티미터 정도로 여자 중에선 큰 편이었으나 190센티미터에 육박하는 태건에게는 어림도 없었다. 수현의 몸이 뒤로 밀려 차 보닛에 눕혀졌다.

"너는 뭐라고 불러 줄까?"

"크윽··· 큭···!"

수현이 목을 조르는 태건의 손을 잡고 버둥거렸다. 태건의 손등을 꼬집고 할퀴어도 꿈쩍하지 않았다. 태건의 눈이 광기로 휩싸였다. 목뼈를 부러트릴 기세로 조르는 태건의 악력에 수현의 얼굴이 빨개졌다. 눈에는 실핏줄이 터져 흰자가 붉게 물들었다.

"〈누나의 헌신〉은 어때? 딱이지? 이번에는 전시회에서 공개할 작품이 많네. 세 작품이나 될 줄은 몰랐어."

수현이 다리를 버둥거리다가 있는 힘껏 태건의 사타구니를 걷어찼다. 태건이 낮은 신음을 내며 손에 힘이 풀렸다. 수현은 그 기회를 놓치지 않고 태건을 밀쳤다. 태건이 주춤거리며 뒤로 물러났다. 수현이 태건의 다리를 걸어 넘어트렸다. 태건의 허리를 깔고 앉은 다음 얼굴을 주먹으로 내리쳤다.

퍼억, 퍼억. 수현의 주먹이 태건의 얼굴을 사정없이 때렸다.

"〈누나의 헌신〉? 지랄하고 자빠졌네. 너야말로 잘난 얼굴 들고 다니지도 못하게 해 줄게. 얼굴도 박살 난 실력 없는 도예가를 누가 좋아할까? 팬들 다 떨어져 나갈걸?"

"이게 진짜…!"

태건이 손을 뻗어 수현의 목을 졸랐다. 키가 큰 태건은 팔길이도 길어 수현의 목을 조르는 데 어려움이 없었다. 수현은 자신의 목을 조르는 태건의 손을 잡았다. 태건이 힘을 주어 수현을 옆으로 넘어트렸다. 태건의 허리 위에서 밀려난 수현이 바닥을 굴렀다. 이번에는 태건이 수현의 허리 위로 올라왔다.

"컥, 커컥!"

전세가 역전됐다. 태건은 온 힘을 실어 수현의 목을 졸랐다. 수현이 손을 뻗어 태건의 얼굴을 할퀴었다. 태건의 눈을 손톱으로 찌르자 비명을 지르며 수현에게서 떨어졌다. 수현이 거칠게 숨을 내쉬었다. 조금만 늦었으면 숨이 막혀 정신을 잃고 말았을 것이다.

태건은 눈이 따가운지 손바닥으로 한쪽 눈을 누르며 수현을 노려보았다. 아무런 말 없이, 두 사람이 대치했다.

그때, 사이렌 소리가 들렸다. 자동차가 나무를 들이박아 에어백이 터지며 자동으로 신고가 접수된 것이다. 구급차와 경찰차의 사이렌 소리는 점점 더 크게 들렸다. 태건은 진퇴양난이었다. 태건을 도와줄 사람은 없다.

판도가 태건에게 불리하게 바뀌었다. 기세등등했던 태건은 몸을 돌려 도망치기 시작했다. 도망치는 태건을 보고 수현도 따라서 달렸다. 다 잡은 물고기를 이대로 놓칠 수 없었다.

태건은 나무 사이를 헤치고 수풀 속으로 뛰어들었다. 수현도 태건을 따라 수풀을 헤치며 달렸다. 그러나 선천적인 체력의 차이는 어쩔 수 없었다. 태건 역시 기력을 많이 소모한 상태였지만 신체 건장한 남자였다. 수현은 태건을 쫓는 것이 버거웠다.

"멈춰!"

결국 수현이 총을 꺼내 들었다. 이 방법이 아니면 태건을 잡을 수 없었다. 수현의 경고에도 태건은 빠른 속도로 도망가고 있었다.

탕! 수현이 하늘을 향해 공포탄을 쐈다. 태건은 눈 하나 깜짝 하지 않고 달렸다. 수현이 열심히 뒤따라 붙어도 두 사람의 거리가 점점 벌어졌다.

탕! 수현이 다시 한 번 하늘을 향해 공포탄을 쐈다. 두 번의 공포탄을 쏘았으니, 다음은 실탄이었다.

"멈춰! 멈추지 않으면 쏜다!"

수현은 태건에게 마지막으로 경고했다. 그러나 태건은 수현의 말은 들리지도 않는 듯 이리저리 도망을 갔다. 달려가던 수현은 나무뿌리에 다리가 걸려 넘어졌다.

"안 돼!"

수현이 소리쳤다. 넘어진 수현은 고개를 들어 앞을 보았다. 뒤도 보지 않고 달리던 태건이 낭떠러지 앞에서 난감한 얼굴로 멈췄다. 다행이었다. 수현은 다시 일어나 태건을 추격하려고 했다. 다리에 힘을 주고 일어나려던 수현은 발목에서 밀려오는 시큰한 통증에 주저앉고 말았다. 하필이면 발목을 접질린 것이다. 아랫입술을 깨물었다. 태건은 쓰러진 수현을 발견하고는 안심한 표정으로 도망가는 경로를 바꿨다. 수현이 일어나지 못할 거라고 판단한 것이다.

태건을 이렇게 놓칠 수 없었다. 지훈을 위해서라도, 그리고 다시는 태건에게 피해를 당하는 사람이 생기지 않게 하기 위해서라도. 수현이 다시 태건을 향해 총을 겨눴다.

탕! 태건의 다리에 실탄이 박혔다. 도망치던 태건의 몸이 크게 뒤로 넘어갔다.

"어!"

태건은 언덕 밑으로 추락했다. 수현의 계산에 없던 일이었다. 수현이 손바닥으로 땅을 짚고 기어 태건이 총을 맞은 곳으로 갔다. 수심을 알 수 없는 강이 내려다보였다. 물은 꽤 빠르게 흐르고 있었다. 다급하게 주위를 살펴보아도 사람으로 보이는 인영이 떠오르지 않았다.

"윤태건!!"

수현이 태건의 이름을 부르며 울부짖었다.

7 리피트(repeat)

도윤이 눈을 뜨자 하얀 천장이 보였다. 고개를 돌리니 부모님이 깜짝 놀라 자리에서 일어나 입을 뻥긋거렸다. 곧 의사가 들어오더니 마찬가지로 도윤을 보며 입을 뻥긋거리며 차트에 무언가를 적었다. 부모님은 입을 크게 벌리고 눈물을 흘렸다.

도윤은 가만히 주위를 살폈다. 적막. 고요. 다들 입만 뻥긋거릴 뿐이다. 누워만 있으니 답답해 침대에서 몸을 일으키려고 했다. 그러나 혼자 상체를 일으킬 힘이 없었다. 결국 옆에서 보고 있던 부모님이 부축을 해주고서야 간신히 상체를 일으켜 세웠다. 갑자기 일어나서인지 어지러웠다. 도윤의 몸이 비틀거리며 침대 옆

선반에 있는 쟁반을 건드렸다.

쟁반이 떨어졌다. 예쁘게 깎인 사과가 담긴 접시가 바닥에 떨어졌다. 유리 접시가 깨졌지만 도윤은 아무 소리도 들리지 않았다.

아무 소리도.

도윤이 다시 까무룩 정신을 잃었다.

* * *

"유골로 만든 도자기로 전시회를 열었다니, 말이 됩니까?"

패널 네 명이 둘러앉아 이야기를 나누고 있다. 패널 앞에는 작가들이 토론이 원활하게 진행되도록 분주히 움직였다. 패널들이 이야기를 나누는 모습이 카메라에 담기고 있었다.

이곳은 시사 프로그램 〈현실의 눈〉 촬영 현장. 이번 주 주제는 한 주를 뜨겁게 달군 '천재 도예가의 숨겨진 실체'였다.

"그걸 아무도 몰랐다는 게 소름 끼치네요."

"잘생긴 얼굴에 빠져 천재 도예가니… 애초에 예술성도 없는 작품을 떠받들 때마다 이상했습니다."

패널들은 앞다투어 이야기했다. 윤태건 사건은 대한민국을 떠들썩하게 만들었다. 천재 도예가, 잘생긴 외모로 폭발적인 화제를 모은 예술가가 연쇄살인마라니. 이 얼마나 소설 같은 이야기인가. 게다가 자신이 죽인 사람으로 도자기를 만들어 전시회를 열었다는 건 대중을 충격에 빠트렸다.

"아버지 윤경원 씨의 명성이 버거웠던 것 같습니다. 그의 작품에는 늘 '영혼이 없다'라는 악평이 달리곤 했죠. 잘못된 방법을 선택한 거죠. 작품에 영혼을 담으라는 말이 사람을 죽이라는 뜻은 아닌데 말이죠."

"윤경원 씨가 대신 피해자에게 사과했지만 그렇게 딱 잘라 아들로 생각하지도 않는다고 할 줄은 몰랐습니다."

"현실적으로 그런 아들이 있다면 누구라도 그러지 않겠습니까. 차라리 실종돼서 다행이라고 생각할 겁니다. 모두들 윤태건이 죽었다고 생각하고 있잖아요."

태건은 그날 실종됐다. 강으로 떨어진 시신을 수

습하지 못했으나 사실상 죽었다고 보았다. 그날 이후로 태건을 본 사람은 아무도 없었으니까. 태건의 명의로 된 카드나 핸드폰은 전혀 사용되지 않았다.

아들을 잃은 슬픔도 없는지, 경원은 태건을 외면했다. 태건은 죽은 거나 다름없다며 이미 실종 신고를 했고, 민법에서 정한 기간이 지나면 사망으로 간주될 수 있도록 처리하겠다고 밝혔다. 일부에서는 경원이 매정하다고 했지만 일부는 이해했다. 누구라도 그런 살인마가 아들이라면 외면하고 싶을 것이라고. 한때는 자랑하고 싶은 아들에서 한순간에 어디 내놓기 부끄러운 아들이 된 것이다.

"그런데 끔찍하게도 말이죠… 유골로 만든 윤태건의 작품 가격이 천정부지로 치솟고 있다죠?"

한 패널이 격양된 목소리로 말했다. 놀랍지만 사실이었다. 암암리에 태건의 작품을 사기 위해 예술계 큰손들 눈이 벌겋다는 이야기가 돌았다. 실제로 한 재벌 3세가 태건의 도자기를 사려고 했다가 거액의 사기를 당했다는 뉴스가 보도되기도 했다.

일반적으로는 사람의 뼛가루로 만든 도자기에 불쾌해했지만 일부는 '특별한' 태건의 도자기를 소유하고 싶어 했다. 물론 사회적 규범상 대놓고 티는 내지 못하지만 수면 밑으로는 거액의 돈이 오고 갔다.

"일부 사람들은 윤태건을 추앙한다고 하더라고요. 얼마 전 윤태건 팬카페가 생겼다가 강제 폐쇄되었죠? 이것이야말로 우리나라 외모 지상주의의 현주소가 아닌가 싶습니다. 죄 없는 사람들을 죽인 극악한 살인마가 잘생긴 외모를 가졌다고 옹호하다니요."

태건이 연쇄살인마라는 사실이 밝혀지고 나서도 팬은 줄지 않았다. 오히려 늘었다. 해외에서도 태건의 소식을 접한 일부 사람들은 잘생긴 외모에 반해 진정한 예술가라며 팬임을 자처했다.

고독한 천재 예술가의 방황. 잘생긴 도예가가 사람으로 빚은 도자기. 일부 사람들은 이런 태건의 이야기에 열광했다.

"예술에 부담감이 컸다느니, 안티팬들의 비난에 힘들어했다느니 이런 이야기가 도대체 왜 언론에 공개되는지 모르겠습니다. 안티팬이 괴롭히면 사람을 죽여도 됩니까? 피해자가 있는 사건인데 살인 행위에 당위성을 줘서는 안 됩니다."

한 패널이 현실을 꼬집었다. 일부 언론에서는 태

건의 생애에 집중했다. 유명한 도예가의 외동아들로서 받았던 압박감. 안티팬의 공격으로 힘들어했던 과거를 조명했다. 그러자 태건이 불쌍하다며 그런 과거가 없었으면 멋진 예술가로 성장했을 거라는 동정 여론도 생겨났다. 이에 그 어떠한 과거가 있더라도 남을 해쳐서는 안 된다는 반대 의견이 팽팽하게 맞섰다.

"트렁크에 사람을 싣고 운반할 때는 운전기사 대신 청각장애인 대리 기사를 썼다고 합니다. 피해자가 살아 있어 변수가 발생할 수 있으니 범행이 들키지 않게 수를 쓴 것이죠."

"그 상황을 즐겼다고 하더라고요. 청각장애인 대리 기사라 들을 수 없는데, 피해자는 그걸 모르니 살려 달라고 애원하고… 전형적인 사이코패스죠."

언론은 태건이 청각장애인 대리 기사를 부른 것에도 집중했다. 태건의 그릇된 예술관에 의하자면 도자기 가마에 넣을 때까지 피해자는 살아 있어야 했다. 그래서 청각장애인 대리 기사를 부른 것이다. 사람들은 태건의 잔인함과 영리함에 혀를 내둘렀다.

"그래서 수사에 난항을 겪었잖아요. 피해자의 시신이 발견되지도 않으니 단순 가출로 처리되고요."

"윤태건의 범행을 밝혀낸 경찰, 최수현 경장의 친동생도 희생당했죠. 수사 지원도 제대로 받지 못해서 어려움이 많았다고 하더군요. 그래도 현장에서 대리 기사를 하던 청년을 구했고요."

"대리 기사도 트렁크에 실린 피해자를 구하기 위해 맞서 싸웠다고 하더라고요. 용기 있는 분이에요. 이 분을 위해 시민들이 자발적으로 모금도 하고 있다고 하네요. 영웅은 이런 분들입니다. 윤태건 같은 살인마가 아니고요."

토론은 어느새 끝을 향해 가고 있었다. 한 패널이 주위를 환기하며 말했다.

"성인 실종법에 대한 법안도 국회에 발의되었다고 하니 국민 여러분의 많은 관심 부탁드립니다."

* * *

혼수상태에 빠졌던 도윤이 깨어나기까지 딱 7일이 걸렸다. 태건에게 무자비한 폭행을 당한 도윤은 병원에 실려 왔을 때 뇌가 너무 부어 곧바로 수술이 불가능할 정도였다. 수술을 해도 살아날 가능성은 50퍼센트에 불과했다. 다행히 도윤은 힘든 수술을 견뎌 냈지만 의식은 찾지 못했다.

담당의는 영원히 깨어나지 못할 수도 있으니 가족에게 미리 마음의 준비를 해 두라고 일렀다. 그러나 도윤은 기적적으로 깨어났다. 금방 다시 기절했지만 호전되고 있다는 증거였다.

그 후 다시 깨어난 도윤은 자신의 몸 상태가 이상하다는 걸 깨달았다. 자신에게 이야기하는 부모님과 의사의 목소리가 들리지 않았다. 이상한 느낌에 도윤은 스스로 손뼉을 쳐 봤다. 짝! 하고 들려야 할 마찰음이 들리지 않았다. 곧바로 청각 검사를 한 도윤은 중급 청각장애 판정을 받았다.

도윤은 자신이 청각장애인이 되었다는 사실을 받아들이기 어려웠다. 비장애인이 장애를 얻으면 큰 우울증을 동반하기 마련이었다. 몸은 빠르게 회복되었으나 심리적인 안정을 찾기는 어려웠다. 가만히 있다가도 왈칵 눈물을 쏟기도 했다. 그러다가 눈물을 그치고 열심히 살아야겠다고 생각하고, 다시 모든 게 망했다는 생각에 좌절했다.

이런 도윤에게 제일 힘이 된 것은 목숨을 구한 트렁크 속 사람이었다. 트렁크 속 남자는 스물한 살, 도윤보다 어린 대학생이었다. 온몸에 타박상과 골절상을 입었지만 다행히 목숨에는 지장 없었다. 그는 정신을 차리자마자 휠체어를 타고 도윤을 찾아와 고맙다며 연신 고개를 숙였다. 남자의 부모님도 찾아와 감사한 마음을 전했다.

남자와 부모님은 뉴스 인터뷰를 통해 도윤 덕분에 살 수 있었다며 눈물을 흘렸다. 도윤은 하루아침에 영웅이 되었다. 대중은 그를 용감하고 타인을 위해 희생도 마지않는 성자로 칭했다. 알지도 못하는 타인을 구하기 위해 몸을 던진 청년이라며. 그 뒤에 숨겨진 비하인드는 아무도 알지 못했다.

도윤의 곁을 지켜 주는 사람은 또 있었다. 바로 규혁이었다. 도윤이 병원에 입원한 후 규혁은 매일 아주 잠깐이라도 병원에 왔다. 규혁이 왜 매일 자신을 보러 오는지, 그 이유를 도윤은 너무나 잘 알고 있었다.

"야. 너 공부는 안 하냐? 매일 안 와도 된다니까."

"나는 매일 꾸준히 해서 괜찮아. 벼락치기 하는 놈들이랑은 다르다니까."

"나 나쁜 생각 안 해."

결국 도윤이 마음속 이야기를 꺼냈다. 처음 청각 장애인이 된 것을 알고 죽겠다고 날뛰던 걸 본 규혁이었다. 규혁이 얼마나 자신을 걱정하고 있는지 잘 알고 있었다.

"당연하지. 너처럼 멋진 놈은 오래 살아야 돼."

규혁은 도윤이 트렁크 속 사람을 자신으로 오인하여 구한 줄은 몰랐다. 규혁이 알게 되면 부담감과 미안함을 느낄 게 분명했다. 자신이 제때 전화를 받지 않아 이런 일이 일어났다며 책망할 것이다. 그래서 이 사실을 무덤까지 가지고 가기로 마음먹었다.

병실 문이 열리는 소리에 규혁이 고개를 돌렸다. 도윤도 규혁을 따라 문 쪽을 쳐다보았다. 수현이 서 있었다.

"안녕하세요."

수현이 살짝 고개를 숙였다. 도윤 역시 고개를 숙였다. 규혁은 두 사람 이야기가 길어질 것 같다는 생각이 들어 가방을 들고 일어섰다.

"내일 또 올게."

도윤에게 인사를 하고 규혁은 수현이 서 있는 문

쪽으로 갔다. 수현과 눈을 마주치고 목례를 하고 병실을 나갔다. 조용한 정적이 내려앉았다. 같은 사건 현장에 있어서였을까. 아니면 태건과 같이 맞서 싸워서일까. 도윤은 수현에게 알 수 없는 동질감을 느꼈다. 수현은 지훈과 비슷한 나이대인 도윤이 신경 쓰였다.

잘 지내고 있었어요?

수현이 핸드폰 메모장을 켜고 문자를 찍었다. 비장애인이었다가 청각장애인이 된 도윤이 입 모양을 보고 말을 알아듣는 데 어려움을 느낄까 봐 배려한 것이다. 핸드폰에 적힌 문자를 확인한 도윤이 고개를 끄덕였다.

"저 이제는 입 모양 읽을 수 있어요. 완벽하지는 않지만…"

"다행이네요. 재활을 열심히 받는다고 들었어요."

"경장님께서도 많이 배려해 주신 만큼 잘 살아가 보려고요."

병원에서 눈을 뜬 도윤은 제일 먼저 소리가 들리지 않는다는 걸 알고 충격에 빠졌다. 그 후에는 자신의 죄가 언론에 밝혀지는 게 두려웠다. 청각장애인인 척 하며 남의 면허증을 도용해 운전을 한 이야기가 사람들 입에 오르내리는 게 무서웠다. 언제 수현이 이 사실을 언론에 알릴지 걱정하면서 뜬눈으로 밤을 새웠다.

여러 시사 프로그램, 유튜브, 뉴스에 태건에 대한 이야기가 나올 때마다 도윤은 긴장했다. 태건의 모든 신상이 공개됐다. 건너건너 태건을 안다는 사람, 태건의 학교 동창 등이 사진을 공개하고 과거 이야기를 풀었다. 도윤은 자신이 청각장애인인 척한 것이 들키면 어떤 비난을 받을지 두려웠다.

그러나 시간이 흘러도 도윤이 청각장애인인 척 거짓말을 하고 면허증을 도용했다는 이야기는 드러나지 않았다. 모든 걸 알고 있는 수현이 눈감아 준 것이었다.

도윤도 잘못을 하긴 했다. 그러나 피해자는 없었다. 수현은 도윤이 왜 트렁크 속 사람을 구하려고 했는지는 몰랐다. 모르는 사람을 구하기 위해 멀쩡한 사람이 청각장애를 얻었는데, 면허증을 도용했다고 처벌받는 건 마음이 편치 않았다.

덕분에 도윤은 대중에게 완전한 영웅으로 남을 수 있었다. 인생을 통틀어 이런 관심은 처음 받아 보는 것이었다. 주인공이 아닌, 엑스트라 같은 삶을 살던 도윤이 대중의 따스한 관심과 응원으로 다시 살아갈 용기를 얻고 있었다.

"도윤 씨가 트렁크 속 사람을 구한 건 맞잖아요. 용기 있고 멋진 사람이에요."

어차피 도윤에 대한 비밀은 수현과 검문소 경찰만 알고 있었다. 수현은 앞으로도 이 일에 대해 굳이 입을 열지 않을 것이다. 언론이 물고 뜯기 좋은 먹잇감을 던져 줄 생각은 없었다.

"경장님은… 괜찮으세요?"

사건 현장에서 정신을 잃은 도윤이 병원에서 정신을 차렸다면, 수현은 바쁘게 현장을 뛰어다니고 있었다. 지훈이 살해당했다는 정신적 트라우마를 치료할 틈도 없이 말이다. 그 마음은 분명 상처투성이였을 텐데 이번 사건을 수습하는 데만 온 힘을 쏟았다. 자신도 힘들었을 텐데 희생당한 유족들을 위로했다.

"경찰로서 이런 말 하기 창피하지만 처음에는 윤태건의 작업실에서 도망치려고 했어요. 차라리 아무것도 모르면 지훈이 살아 있을 거라는 희망이라도 있잖아요."

수현은 자조적으로 말했다. 현실에서 도망치고 싶었다. 헛된 희망에라도 기대를 걸고 싶었다.

"그런데 내 마음 편하자고 지훈이를 방치하고 살인마가 설치는 걸 두고 볼 순 없더라고요. 지훈이도 내가 과거에 머물러 있는 걸 바라지 않을 거예요. 열심히 살려고요. 나중에 생이 다하고 지훈이를 만나러 갈 때 부끄럽지 않게요. 지훈이가 역시 우리 누나가 멋지다고, 자랑스러워할 수 있게."

덤덤하게 말했지만 수현의 눈가가 촉촉하게 젖었다. 지훈이 살아 있었다면 도윤과 비슷한 나이대였을 것이다. 그래서 수현은 서로 다른 아픔이지만 같은 사건의 현장에서 트라우마를 겪은 만큼 도윤도 이겨 내길 바랐다.

수현이 도윤의 손을 잡았다. 굳은살이 박이고 거친 수현의 손과 달리 도윤의 손은 상처 하나 없이 부드러웠다.

"우리 힘내서 보란 듯이 잘 살아 봐요."

수현과 도윤이 눈을 마주쳤다. 두 사람의 눈에서 생에 대한 의지가 보였다. 도윤이 고개를 끄덕였다.

* * *

도윤이 눈을 떴다. 이미 해가 중천에 뜬 지 오래였다. 어제 늦은 밤까지 대리운전을 한 도윤은 새벽 4시에 집에 돌아왔다.

퇴원한 후 도윤은 공무원 시험을 포기했다. 애초에 공무원이 되고 싶었던 것이 아니었다. 규혁이 행정고시를 본다고 하니 덩달아 공시를 준비했다. 이제 남의 눈치를 보지 않기로 했다. 공시생이라는 신분도 없어지니 도윤은 백수였다.

도윤에게는 여러 회사에서 스카우트 제의가 들어왔다. 타인을 구하기 위해 희생도 감내한 용감한 청년에게 손을 내미는 회사가 많았다. 그중에는 도윤이 가고 싶었던 대기업도 있었다. 그러나 모두 고사했다. 자신이 제대로 해낼 수 있는 직무가 아니라고 생각했기 때문이다.

도윤이 선택한 회사는 최근 대통령상도 받은 청각장애인 대리운전 업체였다. 마음 대리운전에서 일하면서 대리 기사 일이 꽤 적성에 맞았기에 자신이 잘할 수 있는 일이라고 판단했다. 전에는 다른 청각장애인의 면허증을 불법으로 대여했다면, 이제는 자신의 면허증으로 일했다. 매일매일 일을 할 수 있는 삶은 축복이었다. 일한 만큼 보상을 받는다는 게 얼마나 소중한지 깨달았다.

도윤은 전자레인지에 컵밥을 넣고 돌렸다. 예전에는 전자레인지에서 나는 소리를 듣고 조리가 다 되었다는 걸 알았지만 이제는 전자레인지에 뜨는 숫자를 봐야 했다. 다 데워진 컵밥을 가지고 TV 앞에 앉았다. 도윤은 밥을 먹으면서 유튜브나 예능을 보는 습관이 있었다. 요즘 드라마나 영화는 자막을 지원해서 좋았다. 물론 예전에는 TV를 켜 놓고 귀로만 들어도 대충 이해할 수 있었지만 이제는 화면의 자막을 꼭 봐야 했다. 도윤은 TV 채널을 돌렸다.

"나는 정혁 씨 없이는 못 살…"
"얼굴 없는 신예 도예가의 데뷔에…"
"이렇게 추운 날씨에 계곡 입수가 말이 됩니까?!"

드라마, 뉴스 등 다양한 방송 중 도윤이 선택한 건 예능이었다. 과장되게 리액션 하는 출연진을 보며 도윤은 천천히 밥을 먹기 시작했다.

그때 핸드폰에 팝업창이 떴다. 대리운전 앱을 통해 예약이 들어온 것이다. 대리운전을 처음 이용하는 고객이라 저장된 개인 정보가 없었다. 마침 손님 위치는 도윤의 집에서 멀지 않은 곳이었다. 도윤은 곧바로 예약을 잡았다.

두 입 정도 남은 밥을 입에 욱여넣고 외출복으로 갈아입었다. 소파에 올려 둔 가방을 챙기면 나갈 준비 끝이었다. 도윤은 서둘러 집에서 나왔다. 걸어서 10분 거리에 손님의 차가 있었다. 지하철이나 버스 등 대중교통으로 이동해야 하는 경우가 많은데 이렇게 걸어갈 수 있다니 꽤 꿀 같은 예약이었다.

만약 들을 수 있다면 노래 몇 곡만 들으면 도착할 거리였다. 그러나 이제 도윤에게 이어폰은 쓸모없는 물건이었다. 대신 도윤은 주위를 유심하게 보았다. 청각장애가 생긴 이후 도윤은 주위를 잘 살폈다. 혹시 자동차나 자전거 등이 자신에게 다가오지 않나 보기도 했지만 주위를 구경하다 보면 시간이 잘 갔다.

"벌써 개나리가 피었네."

도윤은 아파트 화단에 꽃을 피운 개나리를 보았

다. 예전의 도윤이라면 발견하지 못하고 지나쳤을 것이다. 주위를 살피고 다니며 도윤은 작은 행복을 느꼈다.

"네잎 클로버도 있잖아?"

도윤의 눈에 네잎 클로버가 들어왔다. 행운을 상징하는 네잎 클로버를 발견하다니, 오늘 하루가 잘 풀릴 것 같았다. 기분 좋은 미소를 짓다가 네잎 클로버를 꺾어 지갑 사이에 넣었다.

꽃을 구경하며 걷던 도윤은 도로 옆에 정차 중인 차를 발견했다. 대리운전 예약 앱에 등록된 자동차 번호판과 일치했다. 차로 다가간 도윤은 운전자석에 앉아 있는 손님을 발견하고 유리창을 똑똑 두드렸다.

"안녕하세요, 대리운,"

도윤이 인사를 하기도 전에 운전석 문이 열렸다. 차에서 내린 남자는 검은 캡 모자와 하얀 마스크를 쓴 모습이었다. 얼굴을 꽁꽁 숨긴 남자는 아무 말도 하지 않고 조수석으로 갔다. 남자는 한쪽 다리를 절며 뒤뚱뒤뚱 걸었다. 도윤은 가만히 그 모습을 보았다. 남자에게는 술 냄새가 나지 않았다. 하긴 만취하기에는 이른 시간이었다.

도윤은 남자가 왜 대리운전을 불렀는지 이유는

알 수 없었지만 다리가 불편하니 운전하기가 피곤해서 그런가 보다, 하고 대수롭지 않게 생각했다. 도윤은 가방 속에서 볼록거울을 꺼내 사이드미러에 붙였다. 그리고 트렁크 쪽으로 가서 청각장애인 스티커를 붙였다.

도윤은 운전석에 앉아 의자를 조정했다. 손님이 청각장애인이 운전하는 차를 처음 타 봤을 수도 있어 안내가 필요했다. 도윤은 태블릿 PC를 꺼내 남자에게 보여 주었다.

"하고 싶으신 말이 있으면 여기 적은 후 제 팔을 잡아 주세요. 입 모양을 보고 말씀을 알아들을 수 있기는 한데 운전 중에는 못 보거든요."

남자는 고개를 끄덕였다. 도윤은 태블릿 PC를 콘솔 함에 내려 두었다. 안전벨트를 매면서 이상하게 기분이 좋았다. 날씨가 좋아서일까, 아니면 네잎 클로버를 발견해서일까. 일하는 기분이 아니라 드라이브라도 하는 것 같았다.

쿵! 트렁크 속에서 큰 소음이 들렸다. 그러나 도윤은 듣지 못하고 시동을 걸었다. 파란 하늘에는 구름 한 점 없었다. 요 며칠 비가 와서 우중충하더니 오랜만 보는 맑은 하늘에 도윤은 절로 콧노래가 났다. 두 사람이 탄 차가 출발했다. 햇살 따뜻한 어느 날의 일상이었다.

작가의 말

재미있게 읽으셨나요? 제 데뷔작《대리운전》을 읽어 주셔서 감사합니다. 이 작품은 저에게 특별한 의미가 있어요. 제가 처음으로 쓴 스릴러 장르의 시나리오 대본이거든요. 저는 시나리오 작가 지망생이어서 소설로 작가 데뷔를 할 줄은 꿈에도 몰랐어요. 메인 소재 말고는 완전히 다른 이야기로 바뀌었지만 이렇게 세상의 빛을 보게 되어 신기하고 기쁩니다.

저는 주위에서 일어날 수 있는 사건을 다루는 것을 좋아해요. 너무 허무맹랑한 이야기보다는 실제로 내가 겪을 수 있는 일이 더 무섭게 느껴지지 않나요? 대리운전이라는 소재도 그래서 생각하게 되었어요. 대리운전을 하는데 트렁크에 사람이 있다는 걸 알게 되면 나는 어떻게 할까? 게다가 청각장애인 행세를 해서 들리지 않는 척해야 한다면… 이런 상상을 하면서 쓴 글이에요. 그리고 저는 꽉 닫힌 결말보다는 열린 결말을 선호합니다. 상상의 여지를 남겨 두는 걸 좋아하거든요. 소설을 읽고 나서 여러 가지 생각할 거리가 있으면 더 좋지 않나요? 《대리운전》의 결말도 독자 여러분이 다양하게 상상해 주셨으면 좋겠어요.

글 쓰면서 많이 불안했는데 그럴 때마다 가족이 많은 힘이 되었어요. 그리고 저에게 좋은 기회를 주신 안전가옥과 고혜원 PD님께도 감사의 인사를 전합니다.

다음에도 더 흥미로운 글로 찾아오겠습니다. 그때도 꼭 재미있게 읽어 주세요!

프로듀서의 말

한국콘텐츠진흥원과 안전가옥의 '2022 신진 스토리 작가 육성 지원 사업'을 통해 발굴된 신진 작가님들의 작품들이 안전가옥의 새로운 라인업 '노크'의 포문을 엽니다. 2022년 5월부터 3개월간, 단독으로 소설 단행본을 출간한 적이 없는 창작자들을 대상으로 모집했고, 제출하신 원고에 대한 심사와 면접 심사 등을 거쳐 여덟 명의 신진 작가님들을 선정하여 함께 프로젝트를 진행했습니다.

2022년 10월, 스릴러의 대가 서미애 작가님의 특강을 시작으로, 안전가옥 스토리 PD들과 일대일 멘토링이 진행되었습니다. 월 1회 현직 작가님들의 스릴러

작법 특강을 비롯하여 개별 작품 맞춤 피드백까지, 짧은 시간이지만 압축적으로 신진 작가님들의 원고를 갈고닦았습니다.

이번 프로젝트의 핵심 키워드는 '스릴러'로, 이 장르의 특징은 나의 평범했던 일상을 위협하는, 그래서 나의 삶이 변화할 수밖에 없는 지점을 긴장감 있게 다루는 것입니다. 이를 중심으로 다양한 장르와의 결합을 통해, 범죄 스릴러, SF 스릴러, 판타지 스릴러, 하이틴 스릴러 등 작품마다 차별점을 두었습니다.

이 중 《대리운전》은 정통 스릴러 장르로, 연쇄살인마의 차량을 운전하게 된 대리운전 기사 도윤의 이야기입니다. 차량이라는 한정된 공간 속에서, 운전자는 가장 위협적인 존재입니다. 그렇지만 숨기고 있는 비밀이 있다면, 그리고 그 비밀을 들키면 안 되는 순간에 놓인다면, 그 우위는 순식간에 뒤바뀌고 말죠. 그렇게 행운일지도 모를 기회에 속절없이 빠져들었던 도윤은 그 기회가 사실은 불운의 시작이었다는 것을 알게 됩니다. 이미 멈출 수 없는 주행이 시작된 이후에 말이죠. 우리도 어쩌면 도윤처럼 행운이라고 속삭이는 것들에 빠져들지도 모릅니다. 그때 우리는 삶의 핸들을 꽉 쥐고 자신의 방향대로 달려야 합니다. 그렇지 않으면 작은 일탈로 시작해, 나의 일상을 완전히 망쳐 버리는 순간에 도달할지도 모르니까요.

처음 운전을 배우면서 가장 무서웠던 것은 제가 핸들을 잡고 있다는 사실이었습니다. 조그만 실수라도 하면 돌이킬 수 없는 사고가 날 테니까요. 그래서 유독 핸들을 꽉 잡고 운전을 했던 기억이 납니다. 장거리 운전을 한 날이면 엄지손가락이 저릿할 정도였죠. 2022년 늦여름, 이나래 작가님의 《대리운전》이라는 작품을 처음 만났을 때도, 저는 손에 힘을 꽉 쥐고 원고를 읽어 내려갔습니다. 그때 제가 느꼈던 긴장감이 독자분들께도 잘 전달되었길 바랍니다.

지금까지 대리운전 기사 도윤의 주행에 함께해 주셔서 감사합니다. 더불어, 첫 소설 출판이라는 도전에 완벽한 주행을 해 주신 이나래 작가님께도 앞으로의 작품에 대한 응원을 전합니다.

안전가옥 스토리 PD

고혜원 드림

노크 | 01

대리운전

1판 1쇄 발행 2023년 3월 28일

지은이 이나래

기획 안전가옥
콘텐츠 총괄 이지향
프로듀서 고혜원
김보희, 신지민, 윤성훈, 이수인
이은진, 임미나, 조우리, 황찬주
퍼블리싱 박혜신, 임수빈
편집 손미선
디자인 박연미
서비스 디자인 김보영
비즈니스 이기훈
경영지원 홍연화

펴낸이 김홍익
펴낸곳 안전가옥
출판등록 제2018-000005호
주소 04779 서울특별시 성동구 뚝섬로1나길 5,
헤이그라운드 성수 시작점 201호
대표전화 (02) 461-0601
전자우편 marketing@safehouse.kr
홈페이지 safehouse.kr

ISBN 979-11-91193-94-7 (03810)

이 책은 한국콘텐츠진흥원 2022 신진 스토리 작가 육성 지원사업에 선정되어 발간되었습니다.